핸드폰
없는
2주일

Ohne Handy - voll am Arsch!
written by Florian Buschendorff

© Verlag an der Ruhr GmbH, Germany, 2015
Korean Translation copyright © 2021, Mirae Media & Books, Co.
The Korean edition is published by arrangement with Verlag an der Ruhr GmbH,
Germany through Literary Agency Greenbook, Seoul.

핸드폰 없는 2주일

플로리안 부셴도르프 지음

박성원 옮김

미래인

핸드폰 없는 2주일

1판 1쇄 펴낸날 2021년 7월 15일
1판 6쇄 펴낸날 2023년 6월 15일

지은이 플로리안 부셴도르프 **옮긴이** 박성원 **펴낸이** 김민지 **펴낸곳** 미래M&B
등록 1993년 1월 8일(제10-772호) **주소** 서울시 마포구 동교로 134(서교동 464-41) 미진빌딩 2층
전화 02-562-1800(대표) **팩스** 02-562-1885(대표) **전자우편** mirae@miraemnb.com
홈페이지 www.miraeinbooks.com **블로그** blog.naver.com/miraeibooks **인스타그램** @mirae_inbooks

ISBN 978-89-8394-917-2 03850

＊잘못 만들어진 책은 구입처에서 바꾸어 드립니다.
＊미래인은 미래M&B가 만든 단행본 브랜드입니다.

작가의 말

핸드폰을 마치 이 시대의 저주인 것처럼 치부하는 사람들이 많습니다. 핸드폰이 없던 시절이 얼마나 좋았는지 모른다는 이들의 이야기를 듣다 보면 공감이 가기도 합니다. 가끔은 나도 딸의 핸드폰을 빼앗아 금고 속에 처박아두고 싶을 때가 있으니까요.

하지만 모든 것이 그렇게 간단하지는 않습니다. 나부터가 핸드폰 없이는 집 밖으로 나설 엄두도 내지 못하거든요. 설사 핸드폰을 두고 나갔더라도 핸드폰을 가지러 다시 집으로 돌아오게 되죠.

그렇기 때문에 핸드폰 중독에 관한 이 소설에는 핸드폰이라는 스마트한 장난감의 여러 가지 얼굴이 등장합니다. 청소년 독자 여러분이 이 소설을 재미있게 읽어주셨으면 좋겠습니다.

이 소설을 쓰는 과정에서 핸드폰을 손에 달고 사는 사람들의 일상을 상세히 전해준 나의 '핸드폰 의존적' 가족들과 친구들한테 진심으로 감사드립니다.

1

"슈미트 선생님, 도대체 이런 게 교직과정에 들어 있나요?"

아론이 반장으로 선출된 데에는 다 그만한 이유가 있었다. 아론은 필요한 경우 선생님들한테 제대로 따지고 드는 재주를 가졌다. 다른 애들 같으면 머릿속으로 생각만 하는 것을 용기 있게 입 밖으로 소리 내어 말한다.

"이건 정말 말도 안 되는 프로젝트예요. 설마 이걸 진짜로 실행할 생각은 아니시죠?"

"왜 안 된다는 거죠?" 슈미트 선생님이 차분한 목소리로 대답했다. "이건 무척 재밌는 실험이고, 2주 후에 그 결과가 나올 겁니다."

"하지만 우린 선생님이 맘대로 할 수 있는 실험용 토끼가 아니라고요!" 이번에는 요한나가 나섰다. "이 실험을 다른 반에서 하시면 안 되나요?"

"그럴 순 없어요. 내 교생 실습 과정이 여러분이 속한 9학년(한국의 중학교 3학년:옮긴이) a반을 기준으로 평가되고, 난 이 실험을 주제로 졸업논문을 쓸 계획이거든요. 여러분도 이 실험을 통해 분명 아주 많은 걸 배우게 될 겁니다."

아론이 자리에서 일어났다. 아론은 자기가 반 전체를 대표한다는 인상을 선생님한테 주고 싶을 때면 자리에서 일어나 말하는 습관이 있었다.

"우리 반에는 지금까지 교생 선생님이 두 분 다녀가셨어요. 작년엔 오일러 교생 선생님이 실습을 하고 가셨는데, 오일러 선생님은 항상 재밌는 프로젝트를 진행하셨죠. 오일러 선생님 수업 시간에 모둠 활동을 할 때마다 우린 팀별로 종이 고깔 모자를 써야 했어요. 그리고 선생님은 우리가 쓰는 모자에 각 모둠을 상징하는 별을 그려주셨죠."

반 아이들이 웃음을 터트렸다. 슈미트 선생님도 빙긋 미소를 지었다.

"처음엔 우리 모두 아주 즐겁게 친구들 모자에 온갖 그림을 그랬어요. 하지만 얼마 안 돼서 그런 행동이 상당히 우스꽝스럽다고 느꼈죠."

"왜냐면 우린 어린애가 아니니까요." 요한나가 이어 말했다. "우린 자기 핸드폰을 어떤 목적으로 얼마나 자주 사용할지 결정할 능력이 충분히 있단 말이에요."

아론이 교실 앞으로 나가 슈미트 선생님 옆에 섰다.

"슈미트 선생님, 우리나라는 아까 선생님이 가르쳐주신 것처럼 민주주의 국가입니다. 그러니까 우리 중 선생님 프로젝트에 참여하고 싶은 사람이 얼마나 많은지 한번 의견을 들어보시죠."

그러고는 반 아이들을 빙 둘러봤다.

"자 그럼, 슈미트 선생님의 실험에 참여하고 싶은 사람? 손들어주세요!"

반 아이들 모두 아무 반응이 없었다.

"보셨죠? 아무도 원하지 않잖아요. 그러니까 일상적인 수업을 계속 진행해주시면 좋겠어요."

그렇게 말하고 아론은 다시 자기 자리로 돌아갔다.

아론은 본래 슈미트 선생님한테 호감을 갖고 있었다. 아론이 이렇게 나선 건 일종의 우호적인 힘겨루기였다. 하지만 슈미트 선생님이 자신이 원하는 방향으로 반 아이들을 이끌어 갈 확률이 컸다. 학년 초에 교생 실습을 나온 슈미트 선생님은 학생들한테 아주 인기가 많았다. 학생들은 보통의 교사와는 색다른 데가 있는 이 젊은 선생님을 무척이나 신기해했다. 모두들 슈미트 선생님이 교사처럼 보이지 않고, 영화배우 로버트 패틴슨처럼 생겼다고 말했다.

"프로젝트의 규칙에 대해 상세히 설명해줄 테니, 듣고 나서 다시 한 번 제대로 찬반 투표를 합시다."

슈미트 선생님이 그렇게 말하고 차분한 발걸음으로 책상들 사이를 오가기 시작했다.

"저한테는 자세히 설명하실 필요 없어요." 요한나가 말했다. "전 절대로 핸드폰을 제출하지 않을 거니까요. 2주일은커녕 하루도 싫어요."

모두들 웅성대며 얘기를 나누고 있을 때, 아멜리가 손을 들었다.

"아멜리, 말해보세요!"

"선생님께 계획이 있다면, 우리가 적어도 선생님 계획을 끝까지 들어봐야 한다고 생각합니다."

"아부쟁이!" 톰이 소리쳤다.

"선생님은 우리가 이 프로젝트를 진행하는 과정에서 아주 많은 걸 배우게 될 거라고 말씀하셨는데요." 아멜리가 계속 말했다. "그게 정확히 무슨 뜻인가요?"

"자기가 항상 해오던 걸 정해진 시간 동안 중단해보면 자신에 관해 많은 것을 배우게 된다는 거죠."

"그럼 예를 들어 학교에 오는 걸 중단하면 되겠네요."

톰이 커다란 소리로 이렇게 말하자 여기저기서 웃음이 터져 나왔다.

"예를 들어," 선생님이 아랑곳하지 않고 계속 말했다. "난 예전에 한 달 동안 고기 먹는 걸 중단해봤는데 그 이후로…."

"무슨 말인지 알겠어요, 슈미트 선생님." 요한나가 선생님의 말을 가로막고 말했다. "그 이후로 익히지 않은 채소만 먹고 자전거만 타신다는 말이잖아요."

"선생님 말씀 좀 끝까지 들어봅시다!" 칼라가 말했다.

선생님이 프로젝터를 켰다.

교실 벽면에 다음과 같은 제목이 나타났다.

핸드폰 없는 2주일
9학년 a반 자체 실험

선생님이 프로젝터 위의 필름에 몇 가지 키워드를 적은 후, 펜을 요란하게 움직이며 다음과 같이 써내려갔다.

"첫째, 반 전원이 핸드폰을 제출하는 게 아니라, 절반만 제출한다. 핸드폰을 제출하지 않은 학생들은 평소처럼 핸드폰을 사용한다. 둘째, 다른 학생들도 자기처럼 핸드폰을 사용하지 않는다는 걸 알고 있으면 핸드폰 없이 지내기가 훨씬 수월해진다."

"누가 핸드폰을 제출해야 하는지는 어떻게 정하죠?"

요한나가 묻자, 선생님이 대답했다.

"제비뽑기로 정합니다. 여러분이 직접 제비를 뽑는 거죠."

2

슈미트 쌤 진짜 제정신 아닌 듯

그만하면 봐줄 만함

난 지금 쓰레기 분리수거함 근처

난 아직 카페

올 때 브레첼 하나만~

ㅇㅋ

내일 뭐 함?

ㅁㄹ

빨리 와. 분리수거함 앞으로

"너, 아론하고 톡 하니?"

아멜리와 요한나는 책상 높이의 시멘트 기둥 위에서 양반다리를 하고 앉아 있었다. 이 기둥은 개성 넘치는 건축기사가 학교 운동장 한쪽의 쓰레기 분리수거함 옆에 만들어놓은 것인데, 정확한 용도는 아는 사람이 없었다. 날씨가 더워질수록 냄새가 고약해진다는 게 문제지만, 그대신 아무한테도 방해받지 않고 조용히 있을 수 있다는 게 장점이었다.

"아론한테 브레첼 빵 하나 사다 달라고 했어." 요한나가 말했다. "금방 올 거야."

"월요일 날 어떻게 될지 궁금하다." 아멜리가 말했다. "상상해봐. 우리 둘 중 한 명은 쌤한테 핸드폰을 제출해야 한다는 말이잖아."

"도대체 그 선생이 우리한테 그럴 권리가 있나? 만약 내가 핸드폰을 제출해야 한다면 난 교장선생님한테 달려가서 항의할 거야." 요한나는 화가 잔뜩 나 있었다. "찬반 투표가 조작된 게 분명해!"

"넌 왜 사사건건 슈미트 쌤한테 반대만 하니?"

> 나 지금 너 보여! 떠버리 톰은 어디다 좀 떼놓고 와!

> 브레첼은 다 팔렸음, 다른 거 사가지고 감

"난 핸드폰 제출 안 할 거야. 절대로!"

요한나가 핸드폰을 품에 꼭 끌어안았다.

"너, 이번 주말에 뭐 할 거야?"

"아론이랑 같이 뭔가 할 것 같은데."

"내가 모르는 뭔가가 있구나?"

"아마도."

요한나는 이렇게 말하고 핸드폰 화면을 들여다보며 빙그레 웃었다.

> 빨리 와, 배고파 죽겠어!

"일요일에 나랑 시내에 갈래? 이번 일요일은 가게들이 늦게까지 여는 날이잖아. 저번에 봐둔 옷 좀 사려고."

"생각해볼게."

요한나가 핸드폰에서 눈을 떼지 않은 채 대답했다.

아멜리는 아무 말도 하지 않았다.

돌아보니, 아론과 톰이 양손에 먹을 것을 가득 안고 쓰레기 분리수거함 쪽으로 다가오고 있었다.

((•))

"햄 샌드위치 먹을래?"

아론이 요한나한테 샌드위치를 건넸다.

"고마워." 요한나가 샌드위치를 받았다. "톰, 넌 평소엔 하고 싶은 말 다 하잖아. 네가 슈미트 쌤 좀 말릴 수 없어? 난 자신에 관한 배움 따윈 관심 없단 말이야."

"난 어떻게 되든 상관없어." 톰이 빙글거리며 대답했다. "핸드폰이 두 개 있으니까. 아, 그리고 당분간 핸드폰 없이 살아야 하는 애들을 뭐라고 부르는 게 좋을지 생각해냈어."

"뭐라고 부를 건데?" 아멜리가 물었다.

"핸없사."

"오~" 요한나가 말했다. "근데 그거 무슨 뜻이야?"

"핸드폰 없는 사람."

그 말과 함께 톰이 웃음을 터트렸다.

"난 운이 좋아서 절대 핸없사가 되진 않을 거야." 요한나가
말했다.

"나도 그렇게 생각해." 아론이 맞장구쳤다. "핸드폰 없는 넌
상상조차 안 되거든."

"그럼 핸드폰이 있는 애들은 뭐라고 부를 건데?" 아멜리가
다시 물었다.

"몰라." 톰이 대답했다. "그건 정상적인 사람들이잖아. 그러
니까 이름이 따로 필요 없지."

"바로 그거야!" 요한나가 말했다. "정상적인 사람들, 맘에
쏙 들어!"

그러고는 햄 샌드위치를 마저 입 안으로 집어넣었다.

"그건 그렇고, 너희 둘이서 주말에 뭘 하기로 한 거야?"

아멜리가 아론과 요한나를 번갈아 쳐다보며 불쑥 물었다.

그러자 아론이 어리둥절한 표정을 지었다.

"시작종 울렸어."

요한나가 샌드위치를 우적거리며 말했다. 그러고는 짜증스러운 눈빛으로 아멜리를 쏘아보더니 냅킨을 쓰레기 분리수거함에 내던지고 시멘트 기둥 아래로 뛰어내렸다.

((•))

"90분만 지나면 주말이다!" 요한나가 소리쳤다.

학교 건물로 들어가기 전, 아멜리는 발걸음을 늦추고 요한나와 톰을 먼저 들여보냈다.

"내일 약속 변동 없는 거야?" 아멜리는 아론한테 나지막한 소리로 물었다. "수학 공부 같이 하기로 한 거 변동 없어?"

"무슨 변동?" 아론이 되물었다.

"혹시 네가 다른 약속 생겼나 해서."

아멜리는 아론의 눈을 똑바로 쳐다봤다.

"혹시 요한나 말하는 거야?" 아론이 다시 물었다. "도대체 요한나가 너한테 무슨 말을 한 거야?"

"아무것도 아냐. 별다른 말 없었어."

"난 너희 둘이 베프인 줄 알았는데."

"나도 그렇게 생각했어."

"내일 두 시에 우리 집에서 보자. 약속한 대로."

아론의 말에 아멜리는 미소를 지었다.

둘은 맨 마지막으로 학교 건물로 들어갔다.

3

"드디어 내가 달력에 표시해두고 기다리던 날이 왔네요."

슈미트 선생님이 반 아이들한테 인사했다.

담임인 라이머 선생님이 아파서 병가를 내는 바람에, 당분 간 일주일에 8시간씩 슈미트 선생님이 수업을 맡게 되었다.

"여러분 중 일부는 오늘부터 삶이 급격히 변할 거예요."

슈미트 선생님이 빙긋 웃었다.

"하나도 안 웃기거든요?" 요한나가 투덜거렸다.

"다들 주말에 어떻게 지냈나요?"

"지금 저희 사생활을 물어보시는 건가요?" 톰이 물었다.

"아니요. 사생활은 각자 간직하세요. 내가 알고 싶은 건 누가 숙제를 해왔는지입니다."

"제가 숙제 해온 거 읽을까요?" 욜리네가 손을 들고 말했다.

"좋아요. 모두들 잘 들어봅시다."

"제목도 읽을까요?"

"상관없으니 편하게 읽으세요!"

"음, 그러니까, 30년 전 사람들은 핸드폰 없이 어떻게 지냈을까요? 음, 그러니까, 제 생각에 사람들은 분명히 아주 잘살았을 겁니다. 30년 전 사람들은 전화나 편지로 얘기를 나눴습니다."

욜리네가 자기가 써온 글을 읽다 말고 선생님을 쳐다봤다.

선생님이 양 눈썹을 찡긋 올리며 말했다.

"그다음은?"

"제 말이 틀렸나요?" 욜리네가 물었다. "음, 그런데, 어쩌면 사람들이 그렇게 잘살지 못했을 것 같기도 해요. 저도 잘 모르겠어요. 하지만, 만약 핸드폰 없이도 잘살았다면 사람들이 핸드폰을 발명하지 않았겠죠."

반 아이들이 웃음을 터트렸다.

"흠, 이번엔 아론이 숙제 해온 걸 읽어보세요."

"넵!" 아론이 노트를 넘겼다. "30년 전 사람들은 멀리 떨어져 있는 사람들과 의사소통을 하기 위해 유선전화를 사용했습니다. 사람들은 유선전화로 특히 날씨에 관한 얘기를 자주 했습니다. 이건 엄마한테 들은 말입니다."

"그 시대를 직접 경험한 사람에게 취재한 건 아주 훌륭한 자세입니다."

아론이 계속 읽었다.

"하지만 그 밖의 삶은 항상 똑같았습니다. 아침에 일어나 양치하고 학교에 가거나 직장이 있으면 일하러 갔습니다. 그리고 시간이 되면 뭔가를 먹었습니다. 심지어 운동을 하는 사람들도 많았습니다. 플레이스테이션이 아직 발명되기 전이었으니까요."

반 아이들이 다시 웃음을 터트렸다.

"그래요. 기온이 32도까지 치솟은 주말에 해야 할 과제로는 주제가 다소 어려웠을 수도 있겠네요."

슈미트 선생님이 책상 위에 놓인 신발 상자 두 개를 집어 들고는 엄숙한 표정으로 칠판 앞에 놓았다.

"자, 이제 우리 실험을 시작합시다!"

선생님이 상자 한 개를 들고 흔들자 안에서 뭔가가 가볍게 흔들리는 소리가 났다.

"이 안에 제비뽑기 용지 28장이 들어 있어요!"

선생님이 이렇게 말하고 다른 상자를 높이 들어 올렸다.

"그리고 이 안에는 수업이 끝난 후 핸드폰이 열네 개 들어 있을 거예요. 이 상자는 2주 동안 학교 금고에 넣어둘 겁니다."

반 아이들의 긴장된 시선이 신발 상자로 향했다.

"여러분에게 중요한 규칙 한 가지를 상기시켜주겠습니다. 여러분은 자신의 제비뽑기 결과를 아무에게도 말해선 안 됩니다. 핸드폰 제출은 비밀리에 이루어집니다."

"하지만 누구의 핸드폰이 없어졌는지는 금방 드러나잖아요." 칼라가 말했다.

"그것 또한 실험의 일부입니다. 어찌 보면 일종의 게임이죠."

선생님이 상자 두 개를 다시 책상 위에 올려놓았다.

"이제 모두들 복도에 나가 있다가 한 명씩 차례로 들어오세요. 순서는 상관없습니다."

"아주 멋진 게임이네요."

요한나가 이렇게 중얼거리고는 자리에서 일어나 다른 아이들과 함께 교실 밖으로 나갔다.

복도가 아이들로 꽉 들어찼다.

톰이 교실 문을 닫았다.

"장담하는데, 슈미트 쌤이 오늘 우리 핸드폰을 전부 이베이에 팔아먹을 거야. 내일이면 다 중고로 외국에 팔려나가겠지."

아이들이 긴장된 얼굴로 농담하고 있을 때, 옆 교실 문이 열리더니 잘만 교장선생님이 나와서 조용히 하라고 했다.

"자, 이제 들어오세요."

교실 문틈으로 슈미트 선생님의 목소리가 들려왔다.

"내 생각엔 반장이 먼저 들어가는 게 좋을 것 같아."

칼라가 이렇게 말하고 아론의 어깨를 두드렸다.

고요한 가운데 긴장감이 느껴졌다. 아론이 교실로 들어간 다음, 톰은 승리에 찬 환호 혹은 당황스러운 비명 소리를 기대하며 문가에 귀를 대고 숨을 죽였다.

"아무 소리도 안 들려." 톰이 속삭였다.

"왜 모두들 이 말도 안 되는 짓거리에 동참하는 거지?" 요한나가 물었다.

"왜냐면 우리가 찬반 투표를 했으니까." 칼라가 말했다.

"하지만 난 반대표를 던졌단 말이야." 요한나가 투덜거렸다. "모두들 정신 나간 거 아냐?"

"내가 설명해줄게, 요한나." 톰이 마치 아빠라도 되는 듯 요한나의 어깨에 손을 올렸다. "어떤 애들은 성적 때문에 마지못해 동참하는 거고, 다른 애들은 제비뽑기 결과가 어찌 되든 상관없어. 왜냐면 어차피 핸드폰이 두 개니까."

"또 다른 이유도 말해줄게." 닐스가 끼어들었다. "여자애들 중 절반은 슈미트 쌤이 원한다면 뭐든 할 거야. 왜냐면 슈미트 쌤한테 푹 빠졌으니까."

"참 대단들 하네!" 요한나가 말했다.

그때 교실 문이 조용히 열렸다.

"어떻게 됐어?"

모두의 시선이 아론한테 집중되었다.

아론이 교실 문을 조용히 닫았다.

"핸없사구나, 그렇지?" 요한나가 물었다.

아론이 의미심장한 표정으로 어깨를 으쓱거렸다.

"얼른 말해봐!" 톰이 아론의 옆구리를 찔렀다.

교실 안에서 다시 선생님의 목소리가 들려왔다.

"다음 차례 들어오세요."

"난 정해진 규칙을 지킬 뿐이야." 아론이 대답했다.

이번에는 율리네가 교실로 들어갔다.

"말 안 하려는 게 당연하지." 칼라가 말했다. "자기가 재수 없게 걸렸다고 말하고 싶은 사람이 누가 있겠어?"

"내가 핸드폰을 제출해야 한다면, 잘만 교장선생님을 찾아 갈 거야." 요한나가 씩씩거리며 말했다. "너희들, 슈미트 쌤이 이런 실험을 하겠다고 교장실에 알렸을 것 같아?"

"요한나!" 아론이 말했다. "이제 그만해!"

아론이 취한 태도는 다른 학생들에게 행동 기준이 되었다. 교실에서 나오는 학생마다 아론보다 더 비밀스러운 태연함을 보이기 위해 애썼다. 하지만 누가 '핸없사'고 누가 '정상인'에 속하는지 추측해보는 재미는 교실에 들어갔다가 나온 아이들 의 수가 많아질수록 점점 줄어들었다.

"요한나, 어서 들어가!" 칼라가 말했다. "수업 끝종 치겠다!"

톰이 교실 문에 귀를 갖다 대더니 능청스럽게 말했다.

"이제 죽느냐 사느냐가 결정되는 운명의 순간입니다."

교실 밖 27명의 학생들은 머릿속으로 교실 문부터 교탁까지 요한나의 발걸음을 따라갔다.

모두들 요한나가 슈미트 선생님을 화가 난 눈으로 노려본 후 내키지 않는 손을 억지로 신발 상자에 넣고 마지막 하나 남은 종잇조각을 펴는 모습을 머릿속으로 그려봤다.

"조심해! 이제 비명 소리가 울릴 순간이야!"

톰이 나지막이 소곤거리고는 허공에 지휘라도 하듯 손을 내저으며 요한나의 비명 소리를 예고했다.

"꺄아아아악!!!"

요한나의 비명 소리가 교실 밖까지 울려 퍼지는 바람에 톰은 교실 문에 대고 있던 머리를 얼른 뗐다.

잠시 후 교실 문이 활짝 열렸고, 요한나가 마치 춤을 추듯 사뿐거리며 밖으로 나왔다.

"야호!!!"

요한나가 자기 핸드폰을 의기양양하게 내보이며 외쳤다.

"난 핸없사가 아니야!"

4

자기 핸드폰 갖고 있는 사람은 모두 연락 바람

아직까지 요한나의 톡에 아무도 대답하지 않았다. 정말 희한한 일이었다.

학교 수업이 끝난 후부터 요한나는 누가 답을 했는지 3분 간격으로 체크했다. 이 단톡방에는 반 아이들이 모두 들어 있었고, 보통 때는 몇 초 간격으로 톡이 쏟아져 들어왔다.

"요한나, 식사 준비 좀 도와주렴."

요한나의 엄마는 부엌에서 분주하게 움직이고 있었다.

"잠깐만요."

"토마토 좀 씻어주면 좋겠구나."

"잠깐만요."

> 하이!??? 여기 아무도 없어?

> 나 여기 있다!

> 하이, 톰! 너 점점 더 맘에 든다!

요한나 엄마가 요한나와 탯줄처럼 연결되어 있는 핸드폰 충전 케이블을 콘센트에서 뽑아냈다. 그런 뒤 토마토를 식탁 위에 올려놓고 요한나한테 말했다.

"이것 좀 씻어서 4등분 해주렴. 제발 부탁이야!"

"엄마, 핸드폰 배터리가 3프로밖에 안 남았단 말이에요."

"요한나, 제발 핸드폰 좀 저리 치워. 학교에서 돌아온 뒤로 줄곧 핸드폰만 쥐고 있었잖아. 넌 숙제도 없니?"

"없어요. 핸드폰 1분만 더 할게요!"

"너, 그 말 30분 전부터 계속 했어."

> 혹시 핸드폰 제출 안 한 사람이 우리반에 없는 거 아냐?

슈미트 쌤이 우릴 속였다는 거야?

충분히 그러고도 남지.

"요한나, 엄마 금방 폭발한다!"

"엄마, 진정하세요! 진짜 중요한 일이란 말이에요!"

엄마가 토마토를 집어 들고 수도꼭지를 틀었다.

"아멜리한테 잠깐만 전화할게요."

요한나는 자리에서 일어났다.

"5분 후면 식사 준비 끝난다!"

요한나의 등 뒤에서 엄마가 소리쳤다.

((•))

아멜리의 집으로 요한나가 전화를 건 것은 처음이었다. 아
멜리의 집 전화번호를 주소록에 가지고 있는 것 자체가 희한
한 일이었다.

"아멜리, 너 핸없사지? 그렇지?"

"음, 그래." 아멜리가 대답했다. "나 딱 걸렸어."

"단톡방에서 아무도 대답이 없어. 떠버리 톰만 대답하더라."

"내가 듣기론 새 단톡방이 생겼다던데."

"정말? 그런데 왜 난 그걸 모르고 있었지?"

"그걸 내가 어떻게 알겠어. 난 이제 봉화로 의사소통을 해야 하는 사람인데 그걸 알 리가 없지. 꼭 네안데르탈인이 되어버린 기분이야."

"백 투 더 석기시대구나."

요한나는 깔깔대며 웃음을 터트렸다.

"요한나, 식사 시간이다!"

요한나 엄마가 부엌에서 소리치면서 벽을 여러 번 두드렸다.

"우리 엄마 완전 열 받았어."

"우리, 시내 쇼핑몰에서 만나자. 나, 너한테 할 말 있어."

"비밀스러운 얘기 같네. 무슨 얘긴데?"

"좀 있다 얘기하자, 오케이? 한 시간 후에 갈게."

전화가 끊겼다.

요한나는 방전된 핸드폰 화면을 바라보며 충전 케이블을 콘센트에 꽂았다.

5

"윗옷 예쁘다." 아론이 말했다. "너한테 잘 어울려."

"고마워."

생각지도 않게 아멜리 앞에 아론이 불쑥 나타났다. 아멜리
는 당황한 얼굴로 땅바닥을 내려다봤다. 아론한테 과외를 받
을 때도 아멜리는 아론의 칭찬을 받으면 당황해서 어쩔 줄 몰
랐다. 아론은 아멜리의 수학 과외 선생님이었다.

쇼핑몰에서 아론과 마주치리라곤 상상도 못했다. 쇼핑몰 한
가운데에 있는 분수대는 여자애들의 만남의 장소였다.

"쇼핑하려고?"

"아, 아냐. 엄마 심부름으로 뭐 사러 왔어. 아멜리 넌?"

"난 요한나랑 만나기로 했어."

아론이 아멜리 옆에 앉았다.

둘은 잠시 말없이 지나가는 행인들을 구경했다.

"너, 비밀 한 가지 지켜줄 수 있어?" 아론이 물었다.

"물론이지. 무슨 얘긴데?"

"비밀 지키겠다고 맹세부터 해!"

아멜리는 손을 들어 맹세했다.

"내 핸드폰이 금고 안에 있어서 정말 기뻐. 요한나 때문에 말이야."

"요한나는 원래 그래. 걔랑 초등학교 1학년 때부터 친구거든."

"피곤한 스타일이야."

"그럼 너희 둘이서 시도 때도 없이 톡 하는 건 뭐야?"

아론은 5분 전부터 미동도 없이 핸드폰 화면만 뚫어지게 들여다보는 여자를 흘깃 봤다. 만일 요한나와 주말마다 주고받은 톡을 프린트한다면 잉크 한 통이 금세 바닥날 거라는 생각이 들었다.

"모르겠어. 그냥 심심해서겠지."

아멜리가 세 줄기로 뻗어 나오는 분수에 손을 갖다 대자 물방울이 사방으로 튀었다. 그 바람에 지나치던 행인이 깜짝 놀라 옆으로 피했다.

"너도 비밀 한 가지 지켜줄 수 있어?" 아멜리가 물었다.

"물론이지!"

"내가 보기엔 요한나가 널 좋아해."

"아."

아론은 마치 처음 듣는 말인 것처럼 반응하려 애썼다.

요한나는 아론한테 한밤중에 '아론, 너 정말 귀여워' 또는 '아론, 널 갖고 싶어!' 같은 문자 메시지를 보내곤 했다. 아론이 요한나와 톡을 주고받은 건 단순히 심심해서가 아니었다. 요한나와 톡을 하는 건 특별한 매력이 있었다. 요한나 말고는 누구도 아론한테 그런 톡을 보내지 않았다. 스마일 이모티콘, 뽀뽀하는 입이 그려진 사진, 하트 이모티콘. 그런데 요한나는 학교에서는 아무 티도 내지 않았다. 예전과 전혀 다를 바 없이 행동했다. 핸드폰 속의 요한나가 같은 반의 요한나와 정말로 동일 인물인지 의문이 들 정도였다.

"요한나랑 둘이서 영화라도 보러 가."

그러자 아론이 정색을 하며 말했다.

"그럴 생각 없어!"

아멜리는 아론의 표정을 힐끔 살펴봤다. 대화가 끊기자 아론이 어색해하는 기색이 보였다.

"요한나는 언제 온대?" 아론이 물었다.

"올 시간 된 것 같은데."

"그럼 난 이제 가야겠다."

아론이 자리에서 일어나 출구 쪽으로 향했다.

"너한테 수학 배운 거 진짜 효과 있더라!"

아멜리가 뒤에서 소리치자 아론이 엄지손가락을 위로 들어 올렸다. 그리고 회전문을 통과해 밖으로 사라졌다.

아론과 나눈 얘기. 아멜리는 그걸 요한나한테 전해줘야만 했다. 왜냐하면 요한나는 아멜리의 '베프'니까. 그런데 아무리 요한나가 베프라고 해도, 아론과의 얘기를 그대로 전해주는 게 맞을까? 하필이면 지금 여기서 아론과 마주치다니!

아멜리는 백팩을 들었다. 그때 자기 핸드폰 역시 금고 속 신발 상자에 들어 있다는 게 새삼 생각났다.

6

"요한나, 기다려!"

아멜리는 발걸음을 재촉해서 요한나를 따라잡았다.

"너, 어제 나 바람맞혔어."

"미안." 요한나가 말했다. "어제 아이스크림 카페에 갔는데 갑자기 엉뚱하게 톰이 나타나서 그냥 집으로 와버렸어. 넌 핸드폰이 없으니까 연락할 방법이 없었어."

아멜리는 아무 말 없이 요한나와 나란히 걸었다.

아멜리는 어제 요한나를 기다리느라 한 시간 동안 쇼핑몰 분수대에 앉아 있었다. 아멜리한테 지금 핸드폰이 없는 것과 요한나가 약속 장소에 나타나지 않은 것은 아무 관계도 없는 일이었다. 요한나가 일방적으로 약속을 깨버린 것이다.

요한나와 마주하니, 아멜리는 어제 아론한테서 들은 너무나
도 중요한 뉴스가 요한나에겐 아무 관심거리도 아닌 것 같아
보였다.

그건 그렇고, 만약 아멜리가 어제 핸드폰을 갖고 있었다면
상황은 어떻게 흘러갔을까? 아멜리의 백팩 속에서 핸드폰이
울렸을 것이고, 아멜리는 바로 핸드폰을 꺼내 들었을 것이다.
'나 아이스크림 카페에 있어. 분수대는 너무 더우니까 네가 이
리로 와!'라는 요한나의 톡이 와 있었을 테고, 아멜리는 'ㅇㅋ'
라고 답하고는 얌전히 아이스크림 카페로 향했을 것이다. 그
런데 도중에 다시 핸드폰이 울렸을 것이다. '나 그냥 집으로
왔어. 떠버리 톰이 나타났거든. 멍청이랑은 상대하기 싫어'라
는 요한나의 톡에 아멜리는 이번에도 'ㅇㅋ'라고 답했을 것이
고, 요한나한테서 '새로운 뉴스 있으면 톡 해!'라는 문자를 받
았을 것이다.

"너, 기분 별로니?"

교실에 들어가기 직전, 요한나가 물었다.

이 말을 듣자 아멜리는 마치 고무망치로 머리를 얻어맞은
것만 같았다. *뭐라고? 도대체 넌 눈치도 없니? 난 아주 많이*

기분이 나쁘단 말이야!

하지만 아멜리는 그냥 짧게 대답했다.

"별거 아냐."

그런데 그때 요한나가 한마디를 덧붙였다. 그 말은 마치 날카로운 칼 같았다. 그 칼은 아멜리의 심장을 뚫고 들어와 후벼 파고 나서 다시 쑥 뽑혀나갔다.

아멜리는 자기 의자에 털썩 주저앉았다.

((•))

슈미트 선생님이 헛기침을 했다. 하지만 선생님의 헛기침은 교실을 조용히 만들 만큼 강력한 효과가 있지는 않았다. 정확히 말하자면 다른 사람이 보기엔 '슈미트 선생님이 감기에 심하게 걸렸구나'라고 생각할 정도의 헛기침이었다. 선생님은 이처럼 헛기침을 할 때가 자주 있었다.

아멜리의 머릿속에서 요한나의 말이 또다시 스쳐 지나갔다.

아 참, 그리고 나, 아론이랑 사귀는 중이야.

이 말은 마치 날카로운 비수처럼 아멜리의 가슴에 꽂혔다. 아멜리는 자기가 이 말에 이토록 상처를 받는다는 사실에 마음이 더욱 쓰라렸다.

그때 슈미트 선생님이 교실 앞에서 뭔가 절반쯤 차 있는 비닐 쇼핑백을 높이 들어 올렸다.

"이 쇼핑백 안에는…."

선생님은 이렇게 말을 꺼내다가 잠시 멈췄는데, 이는 아까의 헛기침보다 교실을 조용히 만드는 데 훨씬 효과가 강력했다.

"이 쇼핑백 속에는 내가 왜 핸드폰을 사용하지 않는지, 그 이유가 들어 있습니다."

"핸드폰이 없으시다고요?" 칼라가 물었다. "말도 안 돼."

"설마 그 고대 유물 같은 폴더폰조차 없으시다고요?" 톰이 말꼬리를 잡으며 선생님의 말을 가로막았다. "저희가 모금이라도 해서 하나 사드릴까요?"

"고맙지만 사양할게, 톰." 선생님이 말했다. "핸드폰 없이도 난 아주 행복하게 살고 있으니까."

"하지만 쇼핑백 속에 뭐가 들어 있는지는 지금 우리한테 말씀해주시지 않겠죠." 아론이 끼어들었다. "그전에 우리한테 선생님이 왜 핸드폰을 사용 안 하는지 추측해보고 그에 관해 글을 써오라는 과제를 내주실 테니까요. 제 말이 맞죠?"

"개짜증나!" 요한나가 버럭 소리쳤다.

아멜리와 요한나는 쓰레기 분리수거함 옆 시멘트 기둥 위에 앉아 있었다. 아멜리는 그냥 습관처럼 요한나를 따라왔지만 사실 어딘가로 숨어버리고 싶은 심정이었다.

"슈미트 쌤이 왜 핸드폰이 없는지, 내가 뭐라고 썼는지 알려줄까?"

하지만 아멜리는 요한나의 말이 제대로 귀에 들어오지 않았다. 요한나가 얘기하는 동안 계속 핸드폰 자판을 두드리고 있는 것도 아무 신경이 안 쓰였다.

아멜리의 머릿속에는 온통 그 짜증나는 생각이 끝없이 이어져 마치 온몸이 마비된 것 같았고, 수업 시간에 벌어진 일 따윈 관심 밖이었다. 마음속에서 뭔가가 부글부글 끓어올랐지만 밖으로 분출해 나오지 못했다. 마치 열기로 가득 차서 폭발 직전에 있는 압력솥 같았다.

아멜리는 이런 감정에 익숙했다. 특히 요한나와 함께 있을 때 자주 느끼는 감정이었다. 아멜리는 요한나한테 화를 내고 싶을 때가 많았지만, 그럴 수가 없었다. 초등학교 때부터 요한나와 친구가 되기 위해 얼마나 많이 애썼던지! 모두들 요한 나와 친해지고 싶어 했다. 요한나는 어딘가 모르게 신비한 면이 있었고, 모두들 이런 점을 매력으로 느꼈다. 하지만 일단 요한나의 선택을 받은 사람은 그 애 곁에 계속 머물기 위해 아주 많은 것을 참아내야만 했다.

아멜리에겐 비밀이 하나 있었다. 하지만 요한나는 아멜리의 비밀 따위엔 전혀 관심이 없었다. 정말 짜증나는 일이지만, 아 멜리 또한 아론을 좋아하고 있었다! 그것도 요한나보다 훨씬 먼저. 아멜리는 아론한테 요한나에 대해 떠들어댔던 자신이 정말로 미웠다. 결국 그건 단지 테스트였던 것이다. 아멜리는 그런 생각은 전혀 하지 못했다.

그렇다면 아론이 아무렇지도 않게 속였단 말인가?

아마 아론은 아멜리가 불쌍해 보여서 요한나에 관한 얘기를 듣고서도 모른 척하고 넘겼을 것이다. 아멜리는 정말 창피했다. 반을 옮기고 싶었다. 아니, 다른 학교로 전학을 가는 편이 나을 것 같았다. 다른 도시로, 다른 나라로 이사 가고만 싶었다. 아무도 없는 무인도로 떠나고 싶었다. 혼자서만 있을 수 있는 곳으로. 아멜리와 …만 있는 곳으로.

"안녕." 아론이 인사했다.

"브레첼은 없어?" 요한나가 물었다. "너한테 톡 했잖아."

"아, 그렇지!" 아론이 당황한 얼굴로 대답했다.

아멜리는 깊은 생각에 잠겨 있느라 아론이 나타나서야 비로소 아론을 알아봤다. 마치 눈에 뭔가 들어간 것처럼 행동하면서 딴청 부리는 자신이 정말로 민망하게 느껴졌다.

"아론, 내가 어떤 이론을 펼쳤는지 들어볼래?" 요한나가 말했다. "슈미트 쌤의 쇼핑백 속에 엄청 밀린 핸드폰 요금 명세서가 잔뜩 들어 있을 거라고 썼어." 그러고는 깔깔거렸다.

"아멜리, 컨디션 안 좋아 보이는데, 괜찮아?" 아론이 걱정스러운 표정으로 물었다.

그래, 이제 너희 둘만 있도록 내가 사라져줄 테니까 키스나 실컷 해. 아멜리는 속으로 이렇게 말했다. *나 따윈 신경 쓰지 말라고!*

아멜리는 기둥에서 뛰어내려 아무 말 없이 학교 건물을 향해 뛰어갔다.

7

과제가 뭐였는지 알려줄 사람?

자신이 언제 어떻게 왜 핸드폰을
사용하는지에 관해 글 써오기

아, 노잼

우린 내일 2교시에 학교 가도 되니까 개꿀 ㅋㅋ

불쌍한 핸없사들! 두 배로 개고생이군

장담하는데 다음 주엔 핸없사들 말고
우리가 1교시에 가야 할걸?

내일 우리가 1교시에 안 가도 되는 이유 아는 사람?

슈미트 쌤이 핸드폰 없이 사는 게 얼마나
끝내주는지에 대해 핸없사들하고 떠들어보려는 듯

요한나를 단톡방에 초대한 거 너희 중 누구임?

칼라, 이 멍청아. 너 정말 제정신이 아니구나

요한나, 넌 아론이 너에 대해 뭐라고 말하고
다니는지 알고 싶지 않겠지!

톰, 칼라 좀 단톡방에서 내보내!
님들, 핫 뉴스 들어볼래?

요한나, 우린 듣고 싶지 않거든!

얘들아, 급발진 하지 말고! 정상인들끼리 뭉쳐야지!

톰, 나약해빠진 녀석! 칼라, 쟤 완전 정신 나갔어.

요한나, 여기서 짜증나게 굴지 말고 숙제나 해

내일 하지 뭐, 지금은 코미디 영화 보는 중, 엄청 재밌어!

"요한나!"

엄마가 화난 목소리로 요한나를 불렀다.

요한나는 핸드폰 소리를 없앴다.

"이제 그 빌어먹을 핸드폰 좀 치워! 어떻게 1분도 쉬지 않고 핸드폰만 만지작거리니?"

"아빠도 계속 손에 아이폰 들고 있잖아요."

"그래. 그렇지만 가족끼리 보내는 저녁 시간엔 안 그래." 아빠가 말했다. "네가 이 영화 다 같이 보자고 했잖아."

"아빠 조금 전에도…."

"중요한 메일이 와서 잠깐 답한 것뿐이야. 회사를 다니면 신경 쓸 일이 엄청 많단다."

"학교에 다녀도 신경 쓸 일이 엄청 많아요."

"지금은 가족끼리 오붓하게 보내는 저녁 시간이야!" 엄마가 끼어들었다. "영화에 집중 좀 해!"

"난 멀티태스킹이 되거든요."

"그래. 하지만 그럼 영화 보는 재미가 없잖니. 정신이 그렇게 딴 데 가 있으니."

"넌 대체 항상 누구랑 그렇게 톡을 하니?" 아빠가 물었다.

"아마 친구들이겠죠?!"

요한나는 짜증나는 얼굴로 고개를 들었다.

"차라리 친구들하고 직접 만나." 아빠가 말했다. "넌 나보다 심해도 너무 심해."

"저놈의 핸드폰이 웬수야, 웬수!" 엄마가 투덜거렸다.

"엄마, 말하는 게 완전 할머니 같아요."

"요한나, 난 내 딸하고 서로 얼굴 보며 얘기하고 싶어."

요한나는 어쩔 수 없이 테이블 위에 핸드폰을 내려놓았다.

"좋아요. 우리, 뭐에 대해 얘기할까요?"

테이블 위에서 진동이 울렸다.

"중요한 거라서 확인해야 해요."

요한나는 얼른 핸드폰을 집어 들었다.

"너, 정말 치료 좀 받아야겠다." 엄마가 말했다.

"둘이서 영화 실컷 보세요! 엄마랑 아빠도 치료 좀 받아야 해요!"

요한나는 자리에서 벌떡 일어나 자기 방으로 들어가버렸다.

((•))

"쟤가 전에는 저렇지 않았는데." 엄마가 말했다.

"그땐 사춘기가 아니었잖아." 아빠가 대꾸했다.

"쟤한테 친구가 있기나 한지 모르겠어." 엄마가 말했다. "당신도 요한나한테 좋은 본보기는 아니야."

"이젠 핸드폰 없이 살 수 없어." 아빠가 말했다. "이렇게 생각해봐. 21세기의 필수적인 커뮤니케이션에 요한나가 최고로 준비돼 있다고."

"쉴 새 없이 쓸데없는 소리를 두들겨대지 않으면 인생에서 중요한 기회라도 놓치는 것처럼 굴잖아."

"아, 여보! 요한나는 그냥 핸드폰이 없으면 중요한 걸 놓친다고 느끼는 것뿐이야."

"하지만 요한나는 자기가 핸드폰 때문에 정말로 중요한 것들을 놓친다는 사실을 몰라. 만약 그 옛날 댄스 강좌에서 당신이 계속 핸드폰만 들여다봤다면, 우린 서로한테 관심을 갖지도 않았을 거야."

"다행히 그땐 핸드폰이 없었지."

아빠가 엄마의 어깨에 팔을 올렸다.

"있긴 했지." 엄마가 아빠의 말을 바로잡았다. "하지만 그땐 통화를 할 때만 사용했지."

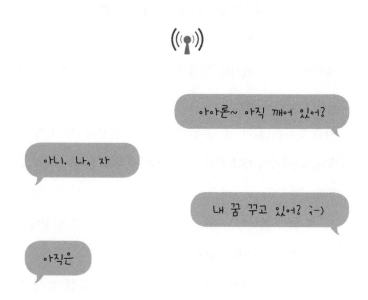

8

"톰!"

아침 일곱 시 반, 아멜리는 제일 먼저 등교해서 학교 앞 벤치에 앉아 있었다.

"넌 핸드폰 두 개잖아!"

"너, 핸드폰이 없어서 소식을 통 못 듣는구나?" 톰이 말했다. "공식적으론 나도 핸없사야."

"그럼 아론은 어디 있어? 핸없사들은 오늘 1교시에 수업 있잖아."

"아론?" 톰이 이상하다는 듯 고개를 갸우뚱했다. "걔는 오늘 늦잠 자도 돼."

"하지만⋯."

아멜리는 말을 시작하긴 했지만 말꼬리를 흐렸다.

내 핸드폰이 금고 안에 있어서 정말 기뻐. 아론은 분명 이렇게 말했다. 아멜리는 거짓말쟁이를 좋아하고 있었던 것이다.

"핸드폰이 없으면," 톰이 말했다. "넌 주변에서 일어나는 일 중 10퍼센트 정도밖에 알 수가 없어."

아멜리는 그 말이 맞다는 생각이 들었다. 아멜리는 요한나나 톰처럼 핸드폰에 의존하지는 않았다. 하지만 핸드폰이 없으면 갑자기 바보가 되어버린다는 매우 불편한 부작용을 실감했다.

"슈미트 쌤은 실컷 실험이나 하라고 놔두면 돼." 톰이 말했다. "난 좀 있다가 수업 시간에 이렇게 말할 거야. 핸드폰이 없으니 부모님과 모처럼 아주 멋진 저녁 시간을 보냈다고 말이야. 모두 다 이 끔찍한 최신 기계를 없앤 덕분이라고 말이지."

"그런 걸 사람들은 허위라고 부르지 않니?"

"원래 인생 자체가 허위야. 난 슈미트 쌤이 듣고 싶어 하는 말만 해줄 거야. 사실 모두들 선생님 앞에서는 선생님이 듣고 싶어 하는 말만 하잖아."

톰이 아멜리가 앉아 있는 벤치 옆에 앉았다.

아멜리는 톰하고 이렇게 여러 문장을 한꺼번에 얘기할 수 있다는 것에 깜짝 놀랐다.

아멜리는 좀 전에 꺼내려다 만 말을 끝까지 했다.

"하지만 아론은 나한테 자기 핸드폰이 금고 속에 있다고 말했어."

톰이 눈썹을 치켜세우더니 히죽 웃었다.

"내가 너한테 뭐 좀 보여줄게."

톰이 주위를 둘러보더니 가방에서 책을 한 권 꺼냈다. 그리고 책을 펼쳐서 핸드폰을 슬며시 책 안에 밀어 넣고는 채팅창을 띄웠다.

"아무한테도 말하면 안 돼, 알았지?"

그런 뒤 아멜리한테 책으로 위장한 핸드폰을 내밀었다.

((•))

그날은 날씨가 무척 좋아서 아멜리는 즐겁게 하루를 시작했다. 요한나와 아론 때문에 속상하긴 했지만, 아빠와 아침을 먹고 나서 기분 좋게 등교했다. 그런데 수업이 시작하기도 전에 또다시 이런저런 소문들과 음모의 진흙탕 속을 들여다보게 되었다. 누가 누구에 관해 어떤 글을 썼는지…. 그런 '너만-알고-있어야-돼' 얘기들은 늘 그렇듯 '너만'이 아닌 다른 누군가들에게로 끊임없이 퍼져나갔다.

"안녕하세요, 슈미트 선생님!"

톰이 자전거를 타고 운동장을 가로질러 오는 선생님을 향해 큰 소리로 인사했다.

슈미트 선생님이 톰과 아멜리한테 손을 흔들었다.

"저희는 잠시만 더 공부하다가 들어갈게요!" 톰이 다시 소리쳤다. "지금 영어 공부 중이거든요."

아멜리는 이런 뒷담화에 진저리가 나서 더 이상 읽고 싶지 않았다. 하지만 마음과는 다르게 단톡방의 글들을 계속 읽어 내려갔다. 그렇다. 그건 분명 실수였다!

아멜리는 톰과 다른 아이들이 교실로 들어가고 난 후에도 한참 동안 마치 온몸이 마비라도 된 듯 꼼짝도 하지 않고 벤치에 앉아 있었다. 그러다가 어느 순간, 결국 터벅터벅 걸음을 옮겼다.

그날 아멜리가 학교에서 보낸 시간들은 마치 잿빛 안개처럼 스쳐 지나갔다.

9

이제 수학은 아멜리에게 더 이상 가장 큰 걱정거리가 아니었다. 지난번 수학 시험 성적은 그다지 나쁘지 않았다.

아멜리는 매주 수요일 또는 토요일에 아론한테 과외를 받으러 갔는데, 오늘 아론의 집에 가는 건 단지 수학 비법을 전수받기 위해서만은 아니었다. 수학과는 전혀 관계없는 다른 이유가 있었다.

"안녕, 아멜리." 아론이 인사했다.

아멜리는 아론한테 따지고 싶었다. 톰이 보여준 아론과 요한나와의 톡들에 대해 따져 묻고 싶었다. 아론의 표정을 보니 이미 아멜리한테 미안한 마음이 묻어나 있었다. 아멜리는 학교에서 내내 아론한테 눈길도 주지 않았고, 아론도 분명 그걸 눈치챈 것이다.

"안녕, 아론."

아멜리는 아무 감정도 실리지 않은 목소리로 대답했다.

아멜리는 아론한테 아무 내색도 하지 않겠다고 마음먹었었다. 하지만 막상 아론과 얼굴을 마주하자 자기가 늦어도 30분 후에는 현관문 밖으로 울면서 뛰쳐나올 것만 같은 불길한 예감이 들었다.

아론이 마치 선생님처럼 수학 책을 펼쳐서 맞은편 식탁에 앉은 아멜리 쪽으로 건넸다.

아멜리는 도대체 왜 이 키 작고 잘난 체하는 아이한테 반했던 것일까? 하지만 아론에겐 특유의 어른스러우면서 남을 배려하는 면도 있었다. 아멜리는 사과 주스를 따라주는 아론을 보면서 아주 잠시 아론이 신사 같다고 생각했다.

하지만 아멜리는 곧 수학 책을 거칠게 닫아 아론한테 밀어 버리고는 아론의 눈을 똑바로 쳐다봤다.

"너, 왜 나한테 거짓말했어?"

"미안해." 아론이 대답했다. "난 핸없사가 되고 싶었어. 날 이해하겠니?"

아멜리는 아론한테서 눈을 떼지 않았다. 아멜리는 순간 자신의 당혹감을 들키지 않으려 애썼다. 그렇다. 이 자리에서 규명해야 할 거짓말은 한 가지가 아니었다. 아론은 우선 두 가지 거짓말 중에서 용서받기 쉬운 쪽을 택한 것 같았다. 좋아, 그럼 우선 핸드폰에 관한 거짓말 얘기를 해보자.

"도대체 왜 핸없사라고 한 거야? 금방 드러날 게 뻔한 거짓말이잖아."

하지만 아론은 그저 기하학적 무늬가 그려진 수학 책 표지만 뚫어지게 바라볼 뿐이었다.

"여보세요? 너, 내 말 들었어? 너, 왜…."

"너 때문이었어."

아론이 재빨리 아멜리의 말을 가로막았다. 그리고 아멜리의 얼굴을 가만히 쳐다봤다.

아멜리는 눈썹을 치켜세웠다.

"나 때문이라고?"

아멜리는 자기가 잘못 듣지 않았다는 걸 확인하고 싶었다.

"응, 너 때문이었어."

"나 때문이었다고?"

"그래. 난 핸드폰이 없는 상태를 너랑 함께 경험해보고 싶었어."

도대체 이 말도 안 되는 소리는 어디서 주워 온 거야? 아멜리는 이렇게 따져 묻고 싶었지만, 소리 내어 말하지는 않았다.

한편으로는 아론의 독특한 고백이 싫지 않았고, 다른 한편으로는 머릿속에 아론이 요한나와 한밤중에 주고받았다는 톡의 일부가 스쳐 지나갔다.

아아론~ 어딘가 우리 둘만 있는 곳에서 나랑 그거 할래?

피임만 제대로 한다면, 에이즈 걸리면 안 되니까.

아멜리는 이에 대해 언급할 생각은 없었다. 그리고 아론이 바로 다른 얘기로 넘어가는 바람에 그럴 겨를도 없었다.

"그리고 요한나한테서 벗어나고 싶었어." 아론이 말했다. "이 말은 이미 너한테 했었잖아."

또 거짓말을 하네. 아멜리는 속으로 생각했다.

> 너 다시 나올래?

> 어디로? 요한나, 지금 밤이야!

> 20분 뒤에 맥주 양조장에서 볼까?

아멜리는 머릿속에 각인된 이 대화를 아론 앞에서 소리 내어
말하기 직전이었다.

"요한나는 제정신이 아니야."

"그럼 넌 왜 제정신이 아닌 애랑 사귀는 거야?"

본론으로 진입한 아멜리의 목소리는 티가 나게 떨렸다. 자
칫하면 울음을 터트릴 것만 같았다.

"사귄다고? 요한나랑? 내가?"

아론이 황당하다는 듯 소리 내어 웃었다.

"거짓말 그만해! 요한나가 나한테 말했어. 너희 둘이 사귄다
고."

> ㅇㅋ 20분 뒤에

톡은 여기서 끝났다. 더 이상의 모든 일은 오늘 아침부터 아

멜리의 상상 속에서 100가지 버전이 있는 영화처럼 계속 돌아갔다.

"요한나는 누구하고도 진짜 관계를 맺을 줄 몰라." 아론이 말했다. "삶 전체가 톡으로 이뤄져 있지."

"특히 너와의 톡이겠지."

피임만 제대로 한다면. 에이즈 걸리면 안 되니까. 아멜리는 아론이 계속 거짓말하는 걸 막기 위해 이 말을 덧붙였다.

"톰이구나, 그렇지? 톰이 너한테 그걸 보여줬구나. 내 말 좀 들어봐. 그건 정말 단순한 톡이었어. 단순한 톡! 요한나가 그 게임을 시작했고, 난 그냥 게임에 참여했을 뿐이야. 현실이 아니라 전부 '구라'였다구. 너, 정말 내가 요한나하고 아무도 없는 양조장에서 만났을 거라고 생각해?"

아론이 얘기하는 동안 아멜리의 표정이 점점 부드러워졌다.

아론은 말하는 내내 아멜리를 쳐다봤다.

거짓말하는 사람은 대부분 아래쪽을 보지. 아멜리는 속으로 생각했다.

아멜리는 요한나가 톡에 몰입해서 자기가 아론하고 정말로 사귄다고 믿었을 수 있겠다는 생각이 들었다. 요한나한테 핸드폰 화면에 떠 있는 건 그게 뭐든 모두 사실이었다. 최근 들어 온라인상에서 알게 된 사람과 사랑에 빠지고 여기에 몰입해 그게 실제 사랑이라 여기는 경우가 있다는 뉴스가 가끔씩 들려온다. 상대방이 실제로 어떤 사람인지조차 확인할 수 없는데도 몰입을 한다는 것이다.

둘은 요한나에 관해 좀 더 얘기를 나눴다. 아론은 앞으로는 아무것도 숨기지 않겠다고 아멜리한테 약속했다.

"이번 금요일에 시간 있니?"

아론이 아멜리한테 뜻밖의 질문을 했고, 이로써 요한나에 대한 얘기가 끝났다.

"다른 약속 없으면 비행기 전시회 같이 가자. 우리 아빠가 매년 무료 입장권을 구해다 주시거든."

"좋아."

아멜리는 너무 기뻐서 아론의 목을 껴안고 싶을 지경이었다. 정확히 계산해보면, 이건 아멜리한테 첫 데이트였다.

"톰도 올 거야." 아론이 이렇게 덧붙였다.

아론의 말투에는 당연히 아멜리하고 단둘이 가고 싶다는 뉘

앙스가 담겨 있었다. 하지만 이미 톰하고 선약이 돼 있어서 그걸 취소할 수는 없는 노릇이었다.

셋이서 만나는 장면을 상상해보니, 아멜리는 갑자기 요한나가 가엾게 느껴졌다. 따지고 보면 요한나는 핸드백, 화장품, 핸드폰이 전부인 빈약한 세상에서 완전히 혼자였다.

((•))

아멜리는 예감과 달리 아론의 집 현관을 울면서 뛰쳐나가지 않았다.

아멜리는 요한나와 오늘 일에 대해 분명히 짚고 넘어가기로 마음먹고 기분 좋게 밖으로 나왔다. 그건 요한나와의 우정을 지키기 위해 필요한 일이었다.

10

아멜리가 요한나 엄마와 통화해보니, 요한나는 자기 방에 들어가 음악을 크게 틀어놓고 문을 잠근 상태라고 했다. 핸드폰이 없는 사람은 이런 경우 만나자는 약속을 하고 싶을 때 어떻게 해야 할까?

"저녁 여섯 시에 아케이드에서 만나자는 쪽지를 써서 요한나의 방 문틈으로 밀어 넣어주시면 감사하겠습니다." 아멜리는 요한나 엄마한테 이렇게 부탁했다.

몇 시간 후, 아멜리는 쇼핑몰 아케이드의 분수대에 앉아 기둥에 걸려 있는 벽시계에서 눈을 떼지 않았다.

이번에도 요한나가 나타나지 않는다면 어쩔 수 없는 노릇이었다. 적어도 아멜리는 최선을 다했으니까.

((·))

드디어 요한나가 나타났다. 왠지 몰라도 재미있어하는 표정이었다.

"안녕, 아멜리." 요한나가 인사하고 나서 곧바로 얘기를 꺼냈다. "조금 전 톰한테 톡이 왔는데, 칼라가 닐스하고 썸타기 시작했대. 맙소사, 생각만 해도 닐스가 불쌍해!"

그러고는 아멜리 옆에 앉아 계속 얘기했다.

"넌 네가 지금 얼마나 많은 걸 놓치고 있는지 모를 거야. 열흘만 있으면 핸드폰 소동이 끝나니까 다행으로 여겨. 네가 핸드폰 돌려받으면 내가 최신 정보를 빠짐없이 알려줄게."

아멜리는 곧바로 본론으로 들어가려 했다. 하지만 막상 요한나와 마주하니 마치 뜨거운 가스레인지 위에 올려놓은 아이스크림처럼 용기가 순식간에 녹아버렸다. 아멜리의 친구 관계에서 요한나는 명백한 갑이었다.

"나, 아론에 관해 너한테 말해줄 아주 강력한 뉴스가 있어."

요한나가 이렇게 말하며 핸드폰 화면을 스크롤했다.

요한나는 아멜리가 여전히 시계만 쳐다보며 아무 반응도 하지 않는다는 걸 알아차리지 못했다.

"나, 너하고 할 말이 있어." 아멜리가 말했다.

"그래!" 요한나가 자리에서 일어났다. "우리, H&M에 가보자. 내가 엄청 맘에 드는 옷을 보여줄게."

아멜리는 강아지처럼 요한나의 뒤를 졸졸 따라갔다. 자기 뺨을 한 대 치고 싶은 심정이었다.

요한나가 진열대에 걸린 윗옷을 자기 몸에 갖다 대봤다.

"오늘 내가 왜 이렇게 다크 서클이 심한지 알고 싶으면, 어젯밤에 무슨 일이 있었는지 물어봐."

"스타일 괜찮네."

"괜찮다고?" 요한나가 소리쳤다. "그냥 괜찮은 정도가 아니라 진짜 완전 스타일 짱이지!"

그러고는 핸드폰을 꺼내려고 핸드백을 뒤적거렸다.

"아! 닐스가 방금 톡 보냈는데, 칼라랑 썸탄다는 거 헛소문이래."

"요한나 넌 닐스랑 칼라 관계에 왜 그렇게 관심이 많은 거야? 넌 어차피 둘 다 밥맛없다고 생각하잖아."

"오, 맙소사!" 요한나가 또다시 소리쳤다. "떠버리 톰이 톡을 보냈는데, 동생이 톰한테 자기 핸드폰을 돌려달라고 했대. 정말 개웃겨!"

"네 맘에 들면 저거 사."

"잠깐만! 답 좀 하고." 요한나가 톡을 보내고는 아멜리한테 옷을 내밀었다. "이거 살까?"

"네 맘에 들면."

아멜리가 무표정한 얼굴로 말하자 요한나가 손에 든 옷을 못마땅한 눈으로 보더니 다시 옷걸이에 걸었다.

"좀 싸구려 같아." 요한나가 말했다. "그건 그렇고, 어제 핸 없사만 모아놓은 슈미트 쌤 수업 시간 어땠어?"

"몰라. 우리, 카페 블루에 갈까? 나, 좀 앉고 싶어."

(((•)))

"너, 무슨 일 있어?" 요한나가 물었다. "오늘 좀 진지해 보여."

아멜리는 이제 요한나와 둘이서 테이블 앞에 마주 앉게 되어 기뻤다. 하지만 카페 점원이 아이스크림 컵을 테이블 위에 놓고 갈 때까지 아무 말 없이 기다렸다.

"너하고 아론 말이야." 아멜리가 드디어 말을 꺼냈다. "너희 둘, 아무 사이도 아니지. 그렇지?"

"흠, 네가 아무 사이도 아니라고 생각한다면, 너한테 보여줄 게 있어."

요한나가 아이스크림 컵 옆에 놓인 핸드폰을 집어 들었다.

"핸드폰 좀 가만 놔둬!"

아멜리는 자기 말투가 꼭 엄마 말투 같다는 생각이 들었다.

"슈미트 쌤이 너희들한테 핸드폰이 싫어지는 약이라도 나눠 줬나 보다, 그치?"

요한나가 빈정거렸지만 아멜리는 말없이 희미한 미소를 지었다.

"잘 들어, 요한나."

이제 아멜리의 말투는 텔레비전 미니 시리즈 〈육아의 달인〉에 나오는 육아 전문가의 말투처럼 들렸다. 하지만 그런 건 아무래도 상관없었다. 아멜리가 보기에 요한나는 〈육아의 달인〉 주인공으로 삼아도 될 만한 유별난 캐릭터니까.

"너한테 오래전부터 묻고 싶은 게 있었어. 넌 네가 핸드폰에 지나치게 집착한다고 생각하지 않니? 너, 톡 하는 거 말고 하는 일이 뭐 있어? 예전엔 우리 둘이 같이 돌아다니면서 친구들 집에 놀러 가고 했잖아. 잡지에 실린 사진도 엄청 많이 오려서 모으고, 플로가 키우던 강아지를 찾으러 숲 속을 헤매기도 했잖아. 그때 길을 잃어서 한밤중에 집으로 돌아왔던 거 기억나?"

요한나가 당황한 얼굴로 아멜리를 쳐다봤다.

테이블 위에 놓인 핸드폰이 진동하며 새 메시지의 도착을 알렸다. 요한나가 잠시 손을 움찔했지만 핸드폰을 집어 들지는 않았다.

"너, 최근에 한 번이라도 뭔가를 제대로 체험해본 적 있니? 핸드폰 밖에서 이뤄지는 뭔가를 직접 접해본 적 있어?"

요한나는 아무 말도 하지 않았다. 아멜리한테 이렇게 심한 비난을 받으리라곤 상상도 못했기 때문이다.

"그리고 나, 너한테 할 말이 하나 더 있어."

아멜리는 숨을 깊게 들이마시고 말을 이어갔다.

"넌 아론하고 사귀는 게 아니야. 지금까지 넌 아론하고 사귄 적이 단 한 번도 없었어. 아론이 너를 좋아하는 것도 아니고. 맨날 핸드폰만 들여다보지 않고 가끔씩 사람들 얼굴도 보면, 너도 그걸 알게 될 거야."

아멜리는 심장이 마구 뛰는 걸 느꼈다. 이 모든 말들을 드디어 방금 전에 실제로 내뱉은 것이다!

둘 사이에 잠시 침묵이 흘렀다.

요한나의 시선이 아멜리 너머 뒤쪽을 향했다.

요한나가 손을 들더니 점원한테 결제를 하겠다고 알렸다.

"나, 아까 봤던 옷 사러 가야겠어." 요한나가 말했다.

((•))

이제 다 끝났어. 아멜리는 속으로 생각했다. 요한나가 어떻게 살든 말든 혼자 내버려두고 자기 갈 길을 가면 되는 건데, 괜히 일을 만든 게 아닌가 싶었다. 하지만 아멜리는 예의상 요한나와 함께 아무 의미도 없이 의류 매장으로 걸음을 옮겼다.

요한나가 핸드폰을 입에 대고 이른바 '정상인'들의 단톡방에 음성 메시지를 남겼다.

칼라, 이 멍청아, 닐스도 너 안 좋아해!

둘은 H&M 매장 앞에서 걸음을 멈췄다.

요한나가 명랑한 표정을 지으며 아멜리한테 손을 흔들었다.

"잘 가, 아멜리! 너, 금요일 방과 후에 뭐 할 거야?"

((•))

아멜리는 아케이드를 벗어나면서 뭔가 공허한 느낌이 들었다. 요한나와의 우정이 위태로워졌기 때문만은 아니었다. 예전에 요한나에게서 매력적이고 신비롭게 보였던 점들이 이제는 완전히 천박하게만 느껴졌다. 그리고 자기 자신한테 화가 치밀었다. 왜 금요일 방과 후에 나머지 공부를 한다든가 가족 모임이 있다고 요한나한테 둘러대지 못했을까? 아멜리는 바보처럼 솔직하게 비행기 전시회에 간다고 대답해버렸다.

그렇게 대답하고 난 후 아멜리는 요한나가 '뇌가 텅 빈 애들만 가는 전시회'라고 악평을 해대길 바랐다.

하지만 요한나는 이렇게 말했다.

"좋아. 나도 같이 갈게."

"오케이, 네가 원한다면. 아론한테 무료 입장권 있대."

아멜리는 이 말을 내뱉은 순간, 자기가 얼마나 바보 같은지

절감했다.

그리고 실제로 그게 얼마나 바보 같은 소리였는지, 다음 날 분명히 알게 되었다.

11

"진짜 끝내준다!" 톰이 말했다.

아론과 톰, 아멜리, 요한나는 비행기에서 나와 트랩을 내려왔다. 석유 재벌이나 러시아의 억만장자들이 자가용으로 탈 만한 소형 제트기였다.

조금 전, 아론은 입구에서 요한나한테 친절하게 입장권을 건네줬다. 아멜리는 요한나가 갑자기 동행하게 된 이유를 아론한테 간단히 설명했다.

아론은 마치 외교관처럼 중립적인 태도를 보였다.

아멜리는 그런 아론의 모습에 감명을 받았다.

네 사람은 온갖 크기의 비행기 50여 대가 늘어서 있는 활주로 위를 어슬렁거리며 거닐었다.

"아론, 몇 년 후에 같이 회사 만들어서 우리도 소형 제트기 한 대 사자." 톰이 말했다. "시속 800킬로미터로 비행할 수 있어. 세 시간이면 바하마까지 갈 수 있고."

"정확히 말하자면 세 시간은 아니야." 아론이 말했다.

"톰 너도 아론한테 수학 좀 배워." 아멜리가 말했다.

"난 파일럿이 될 거야." 톰이 말했다.

"얼마 전까지만 해도 기관사가 될 거라더니?" 요한나가 비웃으며 말했다.

"너희들, 그거 알지?" 아론이 걸음을 멈추고 말했다. "인간이 하늘을 나는 법을 배웠잖아. 내가 볼 땐 비행을 할 수 있다는 게 인간의 진화 중 가장 획기적인 전환점이야."

"잘난 척하긴." 톰이 퉁명스레 대꾸했다.

"그럼 넌 뭐가 인간의 진화 중에 가장 획기적이었다고 생각하는데?" 아론이 물었다.

"몰라." 톰이 말했다. "내가 볼 때 진화 따윈 아무 쓸데 없어."

"멋진 대답이군." 아멜리가 말했다.

"음," 톰이 말했다. "요한나는 아마 인간의 진화 중 가장 끝내주는 건 우리가 이름 모를 중국 사람들과 피지 섬의 날씨에 대해 채팅을 주고받을 수 있다는 거라고 말할 거야."

"나 더 이상 짜증나게 하지 마." 요한나가 말했다. "난 비행기에 홀딱 빠져 있었단 말이야."

"네가?" 아론이 의외라는 듯 큰 소리로 물었다.

"난 비행기를 엄청 좋아하거든." 요한나가 대답했다. "예전에 도시 변두리에 살았을 때, 우리 집에서 비행장이 한눈에 보였어. 그래서 창가에 앉아 수없이 많은 이륙과 착륙을 바라봤지."

"오오오옷." 톰이 말했다. "요한나한테 우리가 완전 몰랐던 철학자의 피가 흐르고 있었네."

"닥쳐!" 요한나가 말했다. "그딴 헛소리나 해댈 거면 아무 비행기나 타고 딴 데로 꺼져버려."

"좋아." 톰이 말했다. "하지만 그전에 우리가 할 일이 있는데, 그게 뭘까? 너랑 아멜리는 그릴 소시지 푸드 트럭 앞에 줄서 있어. 아론하고 난 저쪽에 있는 멋진 헬리콥터 구경하러 갈 거니까."

"쟤, 완전 꼰대야." 아멜리가 말했다.

"내가 몇 번이나 말했잖아." 요한나가 맞장구쳤다.

아멜리와 요한나는 그릴 소시지를 사기 위해 줄을 섰다. 이제 아멜리는 요한나와 단둘이 남았다. 요한나와의 갈등은 끝난 것같이 보였다. 요한나는 평소와 달리 표정이 밝고 기분이 좋아 보였다.

"있잖아." 요한나가 말했다. "나, 곰곰이 생각해봤거든. 어제 네가 한 말에 대해서 말이야."

"그랬더니?"

이렇게 묻는 아멜리의 마음속에서 행복감이 솟아오르는 게 느껴졌다. 이제 모두들 각자의 방식대로 행복해질 수 있을 것이다.

"요 며칠 내가 너한테 좀 치사하게 굴었던 것 같아. 그리고 네 말이 맞아."

"무슨 말이 맞다는 거야?"

아멜리는 요한나가 무슨 말을 하려는지 도통 감이 잡히지 않았다.

"나하고 아론 말이야." 요한나가 대답했다. "아론을 가지려면 내가 좀 더 애써야 한다는 거, 나도 안다고."

아멜리는 몇 초 전까지만 해도 어느 정도 만족하고 있었는데, 갑자기 '더 이상—아무것도—모르겠다'는 기분이 들었다.

"그리고 네가 믿거나 말거나, 오늘은 아주 특별히 맘먹고 핸드폰을 집에 놔두고 왔어."

"케첩 뿌려줄까? 아니면 머스터드?" 그릴 판에서 소시지를 굽던 푸드 트럭 주인이 물었다.

"그래야 아론이 나한테 사랑한다고 고백할 때 아론 얼굴을 똑바로 쳐다볼 수 있을 테니까."

얘기가 완전 산으로 가네. 아멜리는 속으로 생각했다.

갑자기 안개가 낀 것처럼 머릿속이 흐릿해졌다. 요한나의 말이 사이코 영화에 나오는 미친 여자가 하는 말처럼 들렸다.

"얘들아! 케첩? 아니면 머스터드?"

아멜리는 머스터드소스를 곁들인 소시지 네 개를 주문하고 돈을 건넸다.

구경을 마치고 돌아온 아론과 톰이 소시지를 받아 들었을 때, 아멜리는 마치 최면에 걸린 것처럼 멍하니 서 있었다.

"저 헬리콥터, 진짜 끝내주더라." 톰이 말했다.

"이제 드디어 오늘의 미션 중 클라이맥스에 이르렀군." 아론이 전시장의 다른 쪽 끝에 서 있는 거대한 비행기를 가리키며 말했다. "세상에서 가장 큰 여객기야! 이제 저기 들어가보자!"

네 사람은 거대한 트랩을 올라가서 에어버스 A380기의 2층 비즈니스 클래스 라운지로 들어갔다. 라운지 한가운데에는 우아한 베이지색의 타원형 바가 있었다.

"와~ 6성급 호텔 같아." 아론이 감탄하며 말했다.

넷은 바의 등받이 없는 의자에 앉아 가죽으로 된 음료 메뉴판을 펼쳤다.

"너희 아빠, 무슨 일 하신다고 했더라?" 톰이 물었다.

"공항에 필요한 안전장치를 판매하셔." 아론이 대답했다.

"내가 너희한테 콜라 한 잔씩 사줄게." 요한나가 마치 중요한 선언이라도 하듯 말했다.

"난 조종석에 가보려고 했는데." 아론이 말했다.

"우리 여기서 좀 쉬자." 톰이 말했다.

"그럼 나 혼자 갈게." 아론이 자리에서 일어났다. "너흰 여기서 기다리고 있어."

"나도 같이 갈게."

아멜리는 이렇게 말하고 바의 높다란 의자에서 뛰어내려 아론을 따라갔다.

거대한 여객기는 아멜리한테 초고속 열차처럼 기다랗게 느껴졌다.

"사방에 안전장치가 돼 있어." 아론이 설명했다. "아빠가 그러는데, 이 비행기의 안전을 위협하는 사람은 즉시 엄청 혼쭐나게 돼 있대."

둘은 비행기의 가장 앞쪽에 이르렀다.

나지막한 계단을 올라가자 조종실이 나타났다.

수많은 디스플레이와 자판, 버튼, 스위치, 레버들이 조종실 앞쪽 전면에 깔려 있었다.

"엄청 복잡해 보인다." 아멜리가 말했다.

아론이 왼쪽 조종석에 앉더니 레버에 손을 올렸다.

"이걸 어떻게 하면 비행기가 날아가?" 아멜리가 물었다.

"모든 게 자동으로 작동한다고 우리 아빠가 그랬어. 여기 어딘가에 시동 버튼이 있을 거야."

아멜리는 어째서 전시장 방문객들이 조종실에 마음대로 출입하도록 놔두는지 의문이 들었다.

"저기 있다." 아론이 작은 버튼 하나를 가리켰다. "이제 넌 내 부조종사야."

그러고는 아멜리의 손을 잡고 검지손가락을 천천히 작은 버튼 쪽으로 이끌었다.

아멜리는 아론이 하는 대로 가만히 있었다. 아론의 손은 따뜻하고 부드러웠다. 조금 전까지만 해도 아멜리는 아론의 뒤에 서 있었는데, 아론이 손을 끌어당기는 바람에 이제 아멜리는 은근슬쩍 자연스럽게 아론의 무릎 위에 걸터앉게 되었다.

아론이 여전히 손을 잡은 상태에서 아멜리의 허리에 팔을 둘렀다. 그러자 아멜리의 다른 쪽 팔이 자연스럽게 아론의 목을 감았다. 이제 둘은 마치 노끈으로 단단히 묶인 것처럼 하나가 되어 조종석에 꼭 밀착되어 있었다.

아멜리의 심장이 마치 네 개의 고성능 터빈이 돌아가는 것처럼 격렬하게 뛰었다.

이륙 준비 완료. 아멜리는 이렇게 생각하면서 눈을 감았다.

그와 동시에 아론의 얼굴 위로 서서히 내려앉아 입을 맞췄다.

해방감 속에서 둘은 공중으로 떠올랐다. 그리고 초원과 산맥, 바다 위를 날아오르면서 불과 몇 초 만에 이 땅의 모든 아름다움을 느꼈다.

아멜리는 아론을 꼭 붙들었다. 지금 둘은 어디에도 매이지 않은 온전히 자유로운 존재였다.

((•))

어느 순간 아론과의 키스가 갑자기 멈춰버렸고, 아멜리는 뭔가 잘못되었다는 걸 알아챘다. 눈을 뜨니 뒤쪽을 쳐다보는 아론의 얼굴이 보였다.

그 순간 1만 미터 상공에서 비행하던 에어버스 여객기가 현실이라는 가혹한 시멘트 활주로로 추락했다.

아멜리는 뒤를 돌아봤다.

요한나가 조종실 안에 들어와 있었다.

12

아멜리는 소스라치게 놀랐다. 시계가 0시 30분을 가리키고 있었다.

뭔가가 날아와 아멜리의 방 유리창에 부딪혔다.

아멜리는 땀으로 범벅이 되어 있었다. 방금 전 아멜리는 스릴러에 가까운 악몽을 꾸었는데, 어제 조종실에서의 장면이 그대로 꿈속에 나타난 것이다. 악몽의 끝부분에서 요한나가 소화기로 조종석을 부수기 시작했다.

탁! 또다시 뭔가가 유리창에 날아와 부딪혔다.

고함치는 요한나의 모습들이 머릿속에서 날아가버리고, 현실 속의 기억들이 자리를 잡았다.

현실 속의 요한나는 아무것도 부수지 않았고, 소리치지도 않았고, 아무도 비난하지 않았다.

단지 그 자리에 가만히 서서 아무 표정 없이 아론과 아멜리를 뚫어지게 쳐다봤을 뿐이다.

아멜리는 휘청거리며 유리창 쪽으로 걸어갔다. 창밖 밑에서 누군가가 마치 술 취한 사람처럼 아멜리를 향해 마구 손을 흔들었다.

"아멜리! 문 좀 열어줘! 급한 일이야!"

아멜리는 창문을 열었다.

"소리치지 마! 안 그럼 우리 엄마, 아빠 깨신단 말이야."

아멜리는 가운을 집어 들고 현관문으로 소리 없이 서둘러 내려갔다. 이렇게 한밤중에 남의 집을 찾아온 걸 보면 아주 급한 일이 틀림없었다.

아멜리는 현관문을 열어주고 톰한테 조용히 따라 올라오라고 손짓했다.

방에 들어오자마자 아멜리는 문을 닫고 스탠드를 켰다.

"너, 지금 쫓기기라도 하니?"

아멜리가 묻자, 톰이 숨이 찬지 헉헉거리면서 침대 위로 쓰러지듯 누웠다.

"걔, 완전 제정신이 아니야." 톰이 말했다.

"걔라니, 누구?"

"요한나지 누구겠어? 내 생각에 이건 공포영화보다 훨씬 오싹한 말이야."

톰이 자기 핸드폰을 아멜리한테 내밀었다.

"요한나가 10분 전에 단톡방에 올린 거야."

아멜리는 요한나의 글을 읽다가 핸드폰을 무릎에 떨어뜨렸다. 아멜리의 양손이 떨리기 시작했다.

"미친! 어서 요한나한테 전화해봐!"

아멜리의 목소리도 떨렸다.

"핸드폰이 꺼져 있어."

"요한나는 핸드폰을 절대 꺼두지 않아."

"뭘 하겠다는 소리일까?"

아멜리의 시선은 계속 톰의 핸드폰 화면 위에 머물렀다.

얘들아, 조금 전 내가 얼마나 형편없는 사람인지 느꼈어.
내가 여기에 썼던 쓰레기 같은 글은 전부 잊어줘, 알겠지?
난 이제 잠시 여행을 떠나려고 해.
저 위쪽에는 여기보다 문제가 적다고 하더라.

하지만 교각 위에 꽃을 놔두진 말아줘.
그럼 강아지 데리고 산책하는 할머니들이
지나다니기 힘들어할 거야.
다시 한 번 미안, 오케이?
아멜리한테 내가 미안해한다고
(꼭 잊지 말고) 전해줘. J.

"대체 쓰레기 같은 글이라는 게 뭐야?"

"아, 그거, 차라리 그냥 네가 모르는 편이 나아…" 톰이 조심스럽게 대답했다. "실은 요한나가 저녁 내내 너에 관해 정말 쓰레기 같은 글을 썼었어."

아멜리는 자리에서 벌떡 일어났다.

"나, 걔 지금 어디 있는지 알겠어."

아멜리는 그렇게 소리치고 침실용 탁자 서랍에서 캘린더를 꺼내 뒤적거리면서, 다른 손으로는 톰의 핸드폰으로 누군가의 번호를 눌렀다.

"요한나는 지금 철도 위 보행자 교각에 있어. 여기서 가려면 20분쯤 걸려."

"어쩌면 그냥 이번에도 관종 짓을 하는 걸 수 있어."

톰이 그렇게 말했지만, 아멜리는 귀에 핸드폰을 갖다 댔다.

"여보세요?"

아멜리는 떨리는 목소리로 입을 열었다.

"한밤중에 죄송해요. 저, 아멜리예요."

13

뒤쪽에서 자전거 브레이크 소리가 들려왔다. 그리고 쇠로 된 난간에 자전거를 세워두는 소리가 났다. *어떤 멍청한 놈이 나한테 추근거리려나 보군.* 요한나는 속으로 생각했다.

발소리는 요한나의 바로 뒤쪽에서 멈췄다. 그리고 누군가의 목소리가 들렸다.

"안녕, 요한나! 이런 우연이 있나!"

요한나는 뒤를 돌아보지 않았다. 지금 깜짝 놀란 반응을 보이면 분위기가 매우 우스울 것 같았다. 지금 자신의 상황은 그 무엇에 대해서도 놀랄 상황이 아니었다.

요한나는 아무 대답도 하지 않기로 마음먹었다. 지금은 학교 안에 있는 게 아니니까.

목소리의 주인공이 요한나 곁에 앉았다. 상황 자체가 갑자기 이상하게 돌아갔다.

"너를 위해 한밤중에 나한테 전화한 사람이 있어. 단지 내가 우연히 이 근처에 산다는 이유만으로 말이야."

요한나는 자리에서 일어나 "슈미트 선생님, 전 아무 일 없어요. 그냥 시원한 공기를 쐬러 온 것뿐이에요." 하고 말하면 어떨지 잠시 생각해봤다.

머릿속에서 여러 가지 생각이 마구 뒤섞였다. 누가 아군이고 누가 적군인지 알 수 없는 전쟁터같이 머릿속이 혼란스러웠다. 요한나는 아론한테 보여주고 싶었고, 아멜리한테, 엄마한테 보여주고 싶었다. 슈미트 선생님 따윈 상관없었다. 하지만 그 외의 모든 사람들한테, 이 세상이 얼마나 거지 같은지 보여주고 싶었다.

"누군가 저 아래로 뛰어내린다면," 슈미트 선생님이 천천히 말했다. "그 사람의 핸드폰도 완전히 망가져버릴 거야."

하하하, 슈미트 선생님, 정말 재밌네요. 요한나는 속으로 생각했다.

요한나는 선생님이 지금 이곳에서 그토록 여유 있는 말을 한다는 게 짜증났다. 무엇보다 어떤 생각으로 그런 말을 하는지 의도가 너무 분명히 엿보여서 짜증이 났다. 선생님은 그런 말로 요한나의 기분을 풀어주면 자기 눈앞에서 요한나가 유혈 사태를 일으키는 걸 막을 수 있다고 생각했을 것이다.

"이미 제 핸드폰은 저 아래로 던져버렸어요." 요한나는 철로를 가리키며 말했다. "이제 속 시원하시죠?"

"아."

"선생님의 멋진 실험이 없었다면 이런 일이 일어나지도 않았을 거예요."

"그 얘기는 나한테 좀 더 자세히 해줘야겠다."

"어차피 월요일이 되면 알게 되실 거예요."

교각 아래에서 기차가 덜커덕거리며 지나갔다.

"어찌 됐든 선생님은 이제 제 얼굴 보실 일 없을 거예요. 아멜리와의 쓰레기 같은 일 때문에 전 어차피 학교에서 잘릴 테니까요."

"아멜리와의 쓰레기 같은 일이 뭔지 난 몰라. 하지만 지금 네가 여기서 뛰어내리면 네 주변의 천 명쯤 되는 사람들이 슬퍼하게 될 거야. 모두들 세상을 떠날 때까지 씻어낼 수 없는 큰 상처를 마음에 품은 채 살게 될 거야."

요한나는 엄청나게 갈증이 났다. 그래서 핸드백에서 물병을 꺼내 단숨에 모두 마셔버렸다.

"요한나," 선생님이 말했다. "너한테 들려주고 싶은 얘기가 하나 있어."

((•))

슈미트 선생님의 얘기를 듣고 나니 어쩐지 교각 아래로 뛰어 내리기에 적당한 분위기가 사라져버린 것 같았다. 하지만 사실 슈미트 선생님을 만나지 못했더라도, 어차피 요한나는 마음먹은 바를 실천하지 않았을 것이다. 핸드폰이 떨어져 철로에 부딪히던 순간, 요한나의 결심도 깨졌다.

어쨌든 선생님의 얘기는 정말로 감동적이었다. 요한나가 생각하기에도 선생님의 얘기는 자기 상황과 잘 들어맞았다. 조금 우습긴 하지만, 자기만 힘든 게 아니라 남들에게도 저마다 힘든 일이 있다는 얘기를 들으니 왠지 모르게 힘이 났다.

어느 순간부터 교각에서 뛰어내리기라는 주제는 자연스레 사라져버렸고, 요한나는 굳이 자기를 집까지 데려다줄 필요는 없다고 슈미트 선생님을 설득하느라 바빴다. 선생님이 엄마,

아빠 앞에서 "교각 아래로 뛰어내리려 했던 따님을 제가 이 한밤중에 잡아왔습니다." 하고 말하는 사태를 막아야 하니까.

결국 요한나의 요청대로 슈미트 선생님은 일이 잘 해결되었다는 소식을 아멜리와 톰한테만 알려주기로 했다. 슈미트 선생님은 사람을 보는 눈이 놀라울 정도로 뛰어났다. 선생님과의 대화가 끝날 무렵, 요한나는 이 점에 깊은 인상을 받았다.

선생님과 헤어질 때, 요한나는 자기도 모르게 "감사합니다, 슈미트 선생님." 하고 말하고는 조금 민망했다. 이제는 슈미트 선생님이 전처럼 '제정신이 아닌' 사람으로 보이지 않았고, 심지어 아주 괜찮은 사람이라는 생각마저 들었다.

14

주말 동안 많은 일이 일어났기 때문에, 아멜리는 그보다 더 소란스러운 일이 벌어지리라고는 상상도 할 수 없었다. 만일 비행기 전시회 사건 이후 요한나가 아멜리에 관해 어떤 소문을 퍼트리고 다녔는지를 알았더라면, 아멜리는 아마 요한나를 철도 위 교각에서 뛰어내리도록 가만히 놔뒀을 것이다.

> 얘들아, 새로운 소식 전해줄까?
> 아멜리가 임신했대!
> 애 아빠가 누구일지 맞혀봐.

이에 관한 대화는 단톡방에서 주말 내내 이어졌다. 몇몇 아이들은 임산부의 불룩한 배, 생식기의 사진을 채팅창에 올렸고, 음란 동영상을 글과 함께 올리기도 했다.

이런 음란한 포스팅의 물결 속에 요한나의 마지막 메시지는 완전히 묻혀버렸다. 아이들은 대부분 상대방의 메시지는 읽지도 않고 자기 포스팅을 올리는 데만 혈안이 되었다. 다만 톰은 예외였다. 아멜리는 요한나의 메시지를 간과하지 않은 톰한테 고마운 마음이 들었다. 톰은 요한나가 위험해질 수 있다는 걸 인지하고, 아멜리한테 자세한 얘기 없이 넌지시 암시만 했던 것이다.

요한나가 위험에서 벗어난 후 토요일, 아멜리는 요한나한테서 손편지를 받았다. 편지에는 자기가 교각 위에서 모든 걸 분명히 깨달았다고 적혀 있었다. 요한나는 아멜리한테 용서를 구했고, 앞으로는 완전히 달라진 모습을 보여주겠다고 약속했다.

월요일 아침 수업 시작 전, 요한나와 아멜리는 서로를 꼭 껴안아줬다. 요한나는 눈물을 흘리며 사과했고, 아멜리는 요한나의 진정 어린 사과를 받아들였다.

하지만 교실에는 아멜리가 임신했다는 게 헛소문이라는 사실을 모르는 아이들도 많았다. 칼라는 음흉한 표정으로 아멜리한테 "축하해!" 하고 인사했다. 심지어 닐스는 아멜리한테 태아가 남자애인지 여자애인지 물어보기까지 했다.

오늘 슈미트 선생님은 다른 때와 달리 교실에 들어와 조용해지길 기다리며 헛기침할 필요가 없었다. 시작종이 울리자 교실 안이 순식간에 조용해졌다. 아이들은 선생님이 모든 사정을 정확히 파악하고 있을 거라고 생각했다.

"프로젝트의 후반기로 접어드는 시점에서 내가 확실히 할 수 있는 말은 핸드폰이 이 세상을 더 아름답게 만들지는 않았다는 겁니다. 사람들은 핸드폰을 가지고 아주 쉽게 온갖 소문을 만들어낼 수 있죠. 하지만 사람 사이의 문제는 개인적인 대화를 통해서만 해결할 수 있습니다. 우린 핸드폰을 통해 이런 헛소문을 만들어내서 친구들을 힘들게 만들거나 큰 상처를 줄 수 있다는 사실을 분명히 알게 되었습니다."

모두들 아멜리를 쳐다봤다.

"하지만 나는 여러분 모두가 언젠가는 이성적인 인간으로 성장해나가리라고 확신합니다. 이 땅에 사는 매우 짧은 시간 동안 무엇을 하며 살아야 할지를 아는 인간 말입니다."

슈미트 선생님은 칠판 앞을 오가며 계속 말했다.

"오늘 수업 시간에 여러분과 무엇을 하는 게 좋을지 오랫동안 고민했습니다. 집단 따돌림에 관한 신문 기사를 읽어야 할지, 핸드폰 중독에 관한 강의를 해야 할지⋯."

선생님은 잠시 침묵을 지켰다가 말을 이었다.

"그러다 여러분과 이 글을 읽기로 결정했습니다."

그러고는 교탁 위의 프로젝터를 켜고 교실 벽면에 하나의 문장을 띄웠다.

이 기계 없이 단 하루라도 살 수 있다면,
내 목숨이라도 주고 싶어요.

아무도 말이 없었다.

"핸드폰 없이 살 수 있다면 목숨까지 내놓겠다는 말인가요?" 욜리네가 물었다. "이해할 수가 없네요."

"여기서 말하는 기계는 핸드폰이 아닙니다."

선생님이 프로젝터 위에 또 다른 사진을 올려놓았다. 미소를 짓고 있는 소년의 증명사진이 벽면에 나타났다.

"방금 전 문장은 열 살짜리 소년이 한 말입니다. 소년의 이름은 파울이고, 파울은 치명적인 심장병이 있었어요. 몸에 연결된 기계를 떼면 파울은 금방 숨을 거둡니다. 이 사실을 파울도 잘 압니다. 그런데도 파울은 이 기계를 떼고 싶어 합니다. 자기 생명을 유지시켜주는 기계 없이 단 하루라도 살고 싶어 하는 것이죠. 파울은 왜 이런 생각을 하는 것일까요?"

죽음을 앞두고 미소 짓고 있는 소년의 사진을 보자 아이들 모두 가슴이 먹먹했다.

선생님이 계속 말했다.

"파울은 2년 동안 기계에 목숨을 의존했어요. 기계에 의존하는 삶은 진정한 삶이 아니라는 사실을 알기 때문에 자유를 느껴보고 싶은 것이죠. 하지만 파울의 자유는 여러분의 자유와는 다른 자유입니다. 우리는 우리의 삶을 힘들게 만드는 독재자의 압제하에 있지도 않습니다. 몇 년 후면 여러분은 우리가 누리고 있는 민주주의 덕분에 선거권을 행사할 겁니다. 마음만 먹으면 자기가 가고 싶은 곳으로 비행기를 타고 갈 수도 있습니다.

여러분은 파울이 단 하루라도 기계에서 벗어나 살 수 있다면 무엇을 할 거라고 생각하나요? 자신에게 주어진 단 하루 동안 파울이 채팅으로 친구들 험담이나 하면서 핸드폰 화면만 들여다볼 거라고 생각하나요?"

아이들은 모두 슈미트 선생님의 이 질문이 대답을 듣기 위한 질문이 아니라는 것, 그리고 수업 끝종이 울릴 때까지 선생님이 이 주제에 관해 계속 얘기하리라는 것을 알고 있었다.

"파울은 여러분보다 훨씬 어리지만, 삶이 무엇인지는 여러분보다 더 잘 알고 있었습니다."

"파울은 기계 없이 단 하루라도 살았나요?" 칼라가 침묵을 깨고 물었다.

"아니요. 파울은 죽을 때까지 기계에 의존할 수밖에 없었습니다. 파울은 이 말을 했던 바로 그날 세상을 떠났습니다."

각자의 숨소리가 들릴 정도로 교실 안이 조용해졌다. 아멜리뿐 아니라 욜리네, 칼라, 그리고 다른 학생들 모두 눈물을 참느라 애썼다.

"우리는 건강한 몸과 음식이 없으면 살 수가 없습니다. 언젠가는 자녀를 키워야 할 테니 직장 없이도 살 수 없을 겁니다. 그리고 우리는 우리를 사랑하는 사람들 없이도 살 수 없습니다. 이것만으로도 우리는 충분히 무언가에 의존하며 살고 있습니다!"

슈미트 선생님의 열띤 마지막 말이 9학년 a반 교실의 정적을 깨트렸다.

교실 가운데에 서서 선생님이 잠시 손목시계를 힐끗 보고는 다시 말했다.

"누구도 기계에 의존한 채 살고 싶어 하진 않지요!"

선생님은 이렇게 수업을 마무리한 뒤 교실 앞쪽의 책상으로 가서 가방을 챙겼다.

"휴, 슈미트 선생님, 내일은 즐거운 얘기 들려주실 거죠?"

선생님이 반 아이들을 찬찬히 둘러봤다.

아이들을 향해 그 얘기를 전하는 것이 선생님에게도 매우 힘겨웠던 모양이다.

선생님은 눈에 띄게 지쳐 보였다.

그때 아론이 자리에서 일어났다.

"슈미트 선생님, 제 생각엔 저희 모두 선생님이 얘기하고자 하신 바를 이해한 것 같습니다. 반장으로서 저는 우리 반 모두에게 다음과 같은 제안을 하고자 합니다."

아론이 반 아이들을 돌아보며 말을 이었다.

"프로젝트 2주차에는 반 전원이 핸드폰을 제출하면 어떨까요?"

그러자 교실 한쪽에서 웅성웅성하기 시작하더니 몇 초 만에 소리가 점점 더 커졌다. 그 소리가 어찌나 컸던지 오일러 교감 선생님이 교실 안으로 들어오는 걸 누구도 알아채지 못했다.

교감선생님은 슈미트 선생님에게 뭔가를 조용히 말하고는 바로 교실을 나갔다.

쉬는 시간에, 학생들 사이에서는 교장선생님이 슈미트 선생님을 호출했다는 소문이 퍼졌다.

15

"슈미트 선생님, 도대체 9학년 a반이 어떻게 돌아가는 거죠? 라이머 담임선생님이 병가를 낸 후부터 한마디로 모든 게 엉망이 된 것 같군요."

잘만 교장선생님은 호출을 받고 교장실로 들어오는 젊은 교생 선생님의 얼굴을 제대로 쳐다보지도 않고 다짜고짜 이렇게 말했다.

"그건 상황을 좀 과하게 표현하신 것 같은데요." 슈미트 선생님이 말했다.

교장선생님은 그제야 슈미트 선생님에게 맞은편에 앉으라고 손짓했다.

"학부모들이 교육청 장학사한테 민원을 넣었어요. 어제 일요일에 9학년 a반 학부모들이 전화를 했단 말입니다. 주말에 장학사 집으로 항의 전화를 했다고요!"

"아."

"왜 나한테 그 실험에 대해 아무 보고도 안 했죠?"

"제가 사전에 보고드렸는데요." 슈미트 선생님이 이의를 제기했다. "교장선생님께 제출한 보고서에 모두 적혀 있습니다."

교장선생님이 당황한 표정을 지었다.

"선생님의 보고서는 본 적이 없습니다만… 내가 그 문제에 대해 어떤 의견을 피력했었나요?"

"아니요. 그래서 저는 교장선생님이 제 프로젝트를 반대하지 않으신다고 생각했습니다."

"아니죠! 내 명백한 동의가 없으면 이 학교에서는 아무것도 진행되어선 안 됩니다!"

"그건 몰랐습니다."

"선생님의 실험이 아주 엉뚱한 방향으로 굴러갔다는 사실을 분명히 아셔야 합니다. 학생들 사이에서 돌아다녔다는 외설적인 사진들을 내가 선생님 눈앞에 갖다 드릴 필요는 없겠죠?"

"그 사진들이 돌아다닌 건 프로젝트 때문이 아닙니다. 아니,

오히려 그 반대죠."

교장선생님이 만년필을 집어 들고 손으로 꼭 감싸 쥐었다.

"친애하는 슈미트 선생님. 선생님은 아직 교직과정을 이수하는 중이지만, 이런 일에 관해서는 학부모들에게 미리 동의를 구해야 한다는 걸 분명히 아셨어야 합니다. 그렇게 오랫동안 핸드폰을 압수하는 건 학생들과 학부모들의 사생활을 침해하는 것이니까요."

"저희는 반에서 프로젝트 진행에 관해 찬반 투표를 했고…."

"또 내 말에 반기를 드는군요, 슈미트 선생." 교장선생님이 버럭 화를 내며 소리쳤다. "이 끔찍한 전염병 같은 핸드폰 중독 현상에 뭔가 조치를 취해보려는 선생님의 의도 자체는 이해합니다. 하지만 이런 방법은 선생님한테 허용된 업무 권한을 뛰어넘는 월권입니다."

슈미트 선생님은 실험을 통해 학생들로 하여금 핸드폰을 합리적으로 사용하도록 이끌고자 하는 의도를 설명하고 싶었다. 하지만 이런 상황에서는 그래봤자 별다른 희망이 없어 보였다.

"슈미트 선생님, 우리는 케케묵은 늙은이들이 가득한 이곳에 새로운 활기를 불어넣으려는 선생님을 젊은 동료로서 존중

합니다. 하지만 이곳은 법규가 적용되는 공립학교입니다. 이렇게 오랫동안 사유재산을 압수하는 실험은 선의라 하더라도 공립학교의 법규에 명백히 위배됩니다."

슈미트 선생님은 마치 학교 운동장에서 흡연하다 적발된 학생처럼 교장선생님의 책상을 쳐다보며, 그저 아무 말 없이 귀를 기울였다.

"교육청 장학사가 이 사안에 대해 어떤 결정을 내리는지 기다려봅시다."

그때 전화벨이 울렸다.

교장선생님이 수화기를 들며 슈미트 선생님에게 이만 나가보라고 손짓했다.

16

일부 학교에서는 담당 교사한테 사정이 있는 경우, 보충수업 시간표가 핸드폰을 통해 공지된다. 아론과 함께 축구 클럽 활동을 하는 다른 학교 친구들은 여러 해 전부터 이 제도를 자랑해왔다. 이 제도가 시행되는 학교에서는 새벽 여섯 시 반에 일어나 기껏 준비하고 여덟 시에 등교했더니 담당 교사의 사정으로 휴강이 되어 늦잠 잘 기회를 놓치는 일이 없다. 하지만 아론이 다니는 헬름홀츠 중학교에서는 이 제도가 시행되지 않았다. 이유야 어쨌든 이 학교의 상황은 그랬다.

그래서 게시판 앞 복도는 항상 로또 당첨을 확인하는 곳과 분위기가 비슷했다. 운이 좋으면 오후 수업이 휴강되어 12시에 수업이 끝나는 '대박'이 나기도 했다.

오늘 아론이 속한 9학년 a반의 보충수업 시간표는 '위로상' 정도였다. 1교시가 휴강이고, '9학년 a반 학생들은 휴게실로 가 있으세요'라는 공지가 있었다. 슈미트 선생님의 결근 때문이었다.

아론은 한 시간 동안 아멜리와 함께 보낼 수 있으니 괜찮은 시간표라고 생각했다. 하지만 수업 시간표 옆에 붙어 있는 공지문이 마음에 걸려서 몇 분 동안 계속 공지문을 노려봤다.

아멜리는 사물함에서 물건을 정리하고 있었다.

"아멜리 너, 공지문 읽었어?"

9학년 a반 학생들은 오늘 쉬는 시간에 교장실로 와서 핸드폰을 찾아가세요. - 잘만 교장

"대체 이게 무슨 의미일까?"

아멜리가 그렇게 되물으며 다른 아이들의 눈에 띄지 않게 아론의 손을 살짝 잡았다.

"모르겠어."

그렇게 대답하며 아론도 아멜리의 손을 꼭 쥐었다.

"모두들 잠시 조용히 해주세요." 아론이 큰 소리로 말했다.

휴게실에는 9학년 a반 아이들이 모두 모여 있었다.

"내 생각엔 프로젝트가 끝나버린 것 같아." 칼라가 말했다.

"아마 그런 듯." 아론이 말했다.

"슈미트 쌤이 잘릴 거라는 소문이 있었어." 욜리네가 큰 소리로 말했다.

"학교에서 슈미트 쌤을 날려버린대?" 칼라가 물었다.

"어쨌든 내 핸드폰을 다시 돌려받겠네." 톰이 말했다.

"바보 같은 소리!" 아론이 큰 소리로 말했다. "난 우리가 뭔가 조치를 취해야 한다고 생각해."

"대체 뭘 하자는 말이야?" 칼라가 물었다.

칼라의 목소리가 휴게실에 울려 퍼졌지만, 아무도 말이 없었다. 왜냐하면 그 순간 갑자기 잘만 교장선생님이 휴게실 문 앞에 나타났기 때문이다.

"9학년 a반 학생들 맞죠?"

"슈미트 선생님은 왜 결근하셨어요?"

요한나가 묻자, 교장선생님이 모여 있는 학생들을 빙 둘러봤다. 그런 뒤 무표정한 얼굴로 슈미트 선생님이 병가를 냈다고 설명했다.

"쉬는 시간에 모두 교장실에 들르는 거 잊지 마세요."

그렇게 짧게 말하고는 다시 휴게실 밖으로 나갔다.

복도를 걸어가는 교장선생님의 발소리가 점점 작아져갔다.

"내 생각엔 분명 뭔가가 있어. 수상해." 아멜리가 말했다.

아론이 자리에서 일어났다.

"오늘 방과 후에 우리 집에서 비상 회의를 열겠습니다."

요한나도 자리에서 일어났다.

"우리 집에서 모이면 어떨까?"

"넌 슈미트 쌤을 싫어하는 줄 알았는데?" 칼라가 말했다.

"너, 혹시 이런 말 들어본 적 있니?" 요한나가 대꾸했다. "사람은 누구나 상황에 따라 자기 의견을 바꿀 수 있다는 말, 들어본 적 있어?"

"그럼 요한나네 집에서 모이는 걸로 하죠."

아론은 이렇게 말하며 학급 회의를 끝냈다.

17

모두들 요한나네 집 부엌의 식탁에 다닥다닥 붙어 앉았다.

아론이 숟가락으로 앞에 놓인 유리컵을 두드렸다.

"좋아요, 여러분. 그래도 열 명이나 모였네요. 이제 비상 회의를 시작하겠습니다!"

"교장선생님이 쉬는 시간에 너희한테 따로 무슨 말이라도 했어?" 칼라가 물었다.

"아니, 그냥 핸드폰만 돌려주던데? 핸드폰을 돌려받았다는 서명을 받고서." 아론이 말했다.

"슈미트 쌤에 관해서는 안 물어봤어?" 닐스가 물었다.

"물어봤어. 그런데 교장선생님 말로는 슈미트 쌤은 그냥 몸이 안 좋은 거래. 우리랑은 아무 상관 없대."

"내 생각엔 우리가 서명 운동이라도 벌여야 할 것 같아." 욜리네가 말했다. "그리고 그걸 교장선생님한테 제출하는 거야."

"교장선생님이 우리 서명 따위에 신경이나 쓸 것 같아?" 톰이 말했다.

"우리가 다 같이 교장선생님을 찾아가면 어떨까?" 아멜리가 제안했다. "그리고 이렇게 말하는 거야. 슈미트 쌤을 자르시면 안 돼요. 안 그러면…."

"안 그러면 뭐 어쩌려고?" 칼라가 끼어들었다.

"안 그러면 데모라도 해야지."

아멜리가 말을 마치자, 칼라가 양 눈썹을 치켜세웠다.

"그래도 눈 하나 꿈쩍 안 할걸?"

그때 요한나가 소리쳤다.

"나한테 진짜 끝내주는 생각이 있어."

지금까지 입을 다물고 있던 요한나의 말에 모두들 요한나한테 시선을 집중했다.

"그러니까, 엄청난 플래시몹을 펼치는 거야. 만 명이 한자리에 모여서 동시에 몸부림치는 거지."

"좋아!" 톰이 말했다. "그런데 만 명을 어디서 불러오지?"

"글쎄. 페이스북에 올려볼까? 내 페친만 해도 3천 명이 넘는데."

"요한나!" 톰이 말했다. "너의 페친 중 99퍼센트 이상이 전 세계에 흩어져 살아. 싱가포르나 아랍에미리트 같은 곳 말이야. 그 사람들이 슈미트 쌤 때문에 자가용 제트기를 타고 날아오겠어?"

"그럼 서명 운동을 벌일까?" 아론이 물었다.

"톰, 네 핸드폰 좀 줘봐." 요한나가 말했다.

"내 핸드폰은 왜? 네 폰은 어쩌고?"

"고장 났거든."

톰이 잠시 머뭇거리다가 핸드폰을 식탁 건너편 요한나 쪽으로 밀었다.

그 자리에 모인 아이들 모두 요한나가 핸드폰 자판을 미친 듯이 두드리는 모습을 조용히 지켜봤다.

얼마 후 요한나가 만족스러운 미소를 짓더니 톰의 핸드폰을 다시 식탁 위에 올려놓았다.

"얘들아, 방금 전에 슈자안 캠페인, 그러니까 '슈미트 쌤을 자르면 안 돼' 캠페인이 시작됐어."

톰이 자기 핸드폰을 받아 들고는 글을 읽어 내려갔다.

"오, 괜찮은데?"

톰이 이렇게 말하며 씩 웃었다.

바로 그때 그 자리에 있던 모든 핸드폰에서 새 메시지의 도착을 알리는 소리가 울렸다.

모두들 반사적으로 자기 핸드폰을 들었다.

아멜리가 방금 받은 메시지를 읽었다.

"당신은 슈자안 캠페인 추진 그룹의 초대를 받았습니다."

> 헬름홀츠 학생 여러분!
> 헬름홀츠의 전교생은 이 그룹에 가입하세요!
> 시간이 없습니다!
> 슈미트 선생님이 학교에서 잘린다고 합니다.
> 우리가 뭔가 조치를 취해야 합니다!
> 내일 아침 여덟 시 학교 운동장에서
> 플래시몹을 진행합니다.
> 모두들 핸드폰을 켜놓고 대기하세요!
> 교실로 들어가지 말고 운동장에서 대기하세요!
> 내일 아침 자세한 지시가 있을 겁니다!
> 슈미트 샘을 자르면 안 돼!

"이게 과연 효과가 있을까?" 닐스가 물었다.

"좋은 생각이야, 요한나!" 아론이 말했다. "좋은 취지의 캠페인은 몇 시간 만에 전 세계로 퍼져 나가게 돼 있어. 수많은 지구촌 사람들이 머리에 얼음물을 뒤집어썼던 아이스버킷 챌린지를 생각해봐."

"그런데 내일 학교 운동장에서 대체 뭘 하는 거야?" 아멜리가 물었다. "너, 무슨 아이디어라도 생각해뒀어?"

"나한테 이미 좋은 생각이 있어." 요한나가 대답했다.

부엌으로 들어오던 요한나 엄마는 희한한 광경을 봤다. 열 명의 아이들이 식탁에 빙 둘러앉아 아무 말도 없이 핸드폰 자판을 두드리고 있었다.

아무도 요한나 엄마가 부엌으로 들어온 걸 알아채지 못했고, 단지 요한나만 자기 엄마를 힐끗 쳐다보고는 평소에 보기 힘든 미소를 지어 보였다. 요한나의 미소에는 '보세요, 엄마. 우린 모두 제정신이 아니에요! 하지만 이게 우리에겐 정상이에요.'라는 메시지가 담겨 있었다.

헬름홀츠 중학교에 다니는 다른 반 친구들과 지인들 모두가 슈자안 캠페인 추진 그룹의 초대를 받았다.

초대받은 사람들의 답장이 몇 초 간격으로 속속 도착했다.

> 우와! 나도 콜!

> 완전 끝내준다! 우리도 콜!

> 슈미트 쌤이 짱!

아이들은 자기도 모르는 사이에 식탁에 놓여 있는 주스를 두 병이나 비웠다.

끊임없이 올라오는 글을 읽으며 아멜리가 "미쳤어!" 하고 소리쳤다.

톰이 "완-전-미쳤어! 대박!" 하고 덧붙였다.

((•))

저녁 여섯 시 무렵 비상 회의가 끝났을 때, 캠페인 추진 그룹의 참가 인원은 이미 713명이나 되었다.

아론은 거의 전교생이 초대를 수락했다는 결론을 냈다.

"아주 멋진 캠페인이 될 거야." 요한나가 말했다.

18

평소에는 아침 여덟 시 직전이 되면 지각대장들만 헐레벌떡 학교 운동장으로 뛰어온다. 하지만 오늘 아침 학교 운동장은 마치 화재 경보가 울린 것 같은 광경이었다. 모두들 마치 쉬는 시간처럼 어수선하게 돌아다녔고, 대부분 핸드폰을 몰래 손에 들고 있었다.

아론과 톰, 요한나와 아멜리는 쓰레기 분리수거함 옆 시멘트 기둥 위에 서 있었다. 그곳에서는 학교 운동장이 한눈에 내려다보였다.

"우리 계획이 정말 성공할 것 같아." 아멜리가 말했다.

교문 주변에 서너 명의 교사들이 나타나 어안이 벙벙한 표정으로 주위를 둘러보고는 속수무책이라는 몸짓을 했다. 그 중 한 남자 선생님은 손뼉을 쳤고, 나이가 지긋한 여자 선생님은 학생들한테 어서 교실로 들어가라고 손짓했다.

하지만 학생들은 아무도 반응하지 않았다.

오전 일곱 시 반이 되자, 요한나와 톰은 참가자들한테 마지막 지시를 전달했다.

"지시가 좀 복잡한 것 같지 않아?" 톰이 물었다.

"어휴, 톰. 다들 너보단 똑똑해." 요한나가 말했다. "나를 믿어. 완전 끝내줄 거야!"

"오케이." 아론이 말했다. "내 생각에 이제 모두들 준비가 된 것 같아. 시작 신호를 보내, 톰!"

"지금?"

"그래, 어서. 지금!" 요한나가 명령했다.

톰이 즉시 단 하나의 단어로 이뤄진 메시지를 보냈다.

> 시작!

순간 아무 일도 일어나지 않았다. 모두들 조금 전까지와 마찬가지로 마구잡이로 돌아다녔다.

그러다가 당황한 개미 떼 같던 전교생이 몇 초 만에 제자리를 잡기 시작했다. 학생들은 나란히 스무 줄로 끝없이 늘어서서는 미리 지시받은 대로 양팔을 옆으로 쭉 폈다.

"와우!" 웬만해서는 별다른 리액션을 보이지 않는 아론이 소리쳤다. "명령 한 마디에 800명이 원격조종 로봇으로 변신하네!"

"비행 쇼 시작!" 요한나가 소리쳤다.

그러자 모두들 마치 비행기 놀이를 하는 아이들처럼 양팔을 쭉 펴고 흔들기 시작했다.

이와 동시에 첫 번째 줄에 선 학생들이 학교 건물을 향해 줄 맞춰 뛰어갔다. 다른 줄들도 양팔을 쭉 펴서 흔들며 첫 번째 줄을 따라 뛰어갔다. 건물 앞에 도착한 학생들은 양옆으로 나뉘어 뒤로 돌아갔다가 다시 뛰어와 새로운 줄을 만들었다.

몇몇 학생들이 미리 약속된 구호를 외치기 시작했다. 처음에는 작았던 구호 소리가 점점 더 커져갔다.

산만하게 뒤섞여 있던 단어들이 마침내 800여 명이 입 모아 내는 웅장한 목소리가 되었다.

이제 메시지가 명확하게 귀에 들어왔다.

슈미트 쌤을 날려버리면, 우리도 모두 학교를 그만두고
날아갈 거다!
슈미트 쌤을 날려버리면, 우리도 모두 학교를 그만두고
날아갈 거다!
슈미트 쌤을 날려버리면, 우리도 모두 학교를 그만두고
날아갈 거다!

"완전 끝내준다!"

톰이 이렇게 소리치며 요한나를 와락 껴안았다. 그러자 아멜리도 아론을 껴안았고, 네 명 모두 서로를 꼭 껴안았다.

물론 텔레비전 쇼에 나오는 것만큼 완벽하지는 않았다. 여기저기서 서로 걸려 넘어지는 아이들도 있었다. 하지만 어쨌든 그 효과는 굉장했다.

학교 건물 1층의 창가에서 교사들이 편안한 자세로 운동장을 내다보고 있었다. 대부분은 유쾌하게 웃었고, 심지어 몸을 흔들며 즐겁게 춤추거나, 양팔을 펼쳐 비행기 놀이에 동참하는 교사들도 있었다.

잘만 교장선생님은 사이사이 잠깐씩 창가에 모습을 나타내다가, 어느 순간부터 더 이상 모습을 보이지 않았다.

플래시몹이 3분 정도 전행되고 난 후, 학생들은 엄청난 규모로 몰려다니며 구호를 외치고 날갯짓을 했다.

"아론, 이제 네가 앞에 나가서 대표로 말할 차례야." 아멜리가 말했다.

아론은 전날 저녁에 축구 클럽 코치한테서 빌려놓았던 앰프를 쇼핑백에서 꺼냈다. 그리고 앰프를 운동장에 설치한 뒤 마이크를 입에 갖다 댔다.

"존경하는 학생 여러분! 저는 9학년 a반 반장으로서 헬름홀츠 중학교의 모든 민주적인 학생들에게 감사의 말씀을 드립니다."

그 자리에 모인 모든 학생들이 아론을 쳐다봤다.

"이 자리에서 여러분은 우리가 민주주의에 대해 잘 이해하고 있다는 사실을 증명했습니다. 왜냐하면 우리가 이 나라의 주인인 국민이기 때문입니다!"

"뭔 소리야? 지금 네가 하는 말, 아무도 못 알아들어." 요한나가 끼어들었다. "마이크 나한테 넘겨!"

요한나가 마이크를 잡았다.

"여보세요? 하나, 둘, 셋, 마이크 테스트."

귀가 떨어져 나갈 것 같은 날카로운 소음이 운동장에 울려 퍼졌다.

"아, 미안!" 요한나가 마이크에 대고 큰 소리로 말했다. "안녕! 난 요한나야. 슈미트 쌤은 괜찮은 사람이야! 내가 하려는 말은, 슈미트 쌤처럼 쿨한 쌤을 빼앗기지 말란 말이야. 왜냐면 우리한테는 쿨한 쌤들이 필요하잖아! 그래, 한 가지는 인정할게. 난 슈미트 쌤 수업 시간에 거의 핸드폰만 들여다봤어. 하지만 어젯밤에 꿈을 하나 꿨어."

"요한나, 너 지금 너무 오버하는 거 아냐?" 아멜리가 끼어들었다.

"조용히 좀 해!" 요한나가 말했다. "어젯밤 꿈속에서 난 제트기 조종석에 앉아 나한테 이렇게 물었어. 지금 어디로 날아가는 게 제일 끝내줄까? 꿈속에서 난 한참 동안 고민했어. 젠장, 지금 어디로 날아가야 하지? 그 순간 오래전에 우리 할아버지가 나한테 하셨던 말이 생각났어. 우리 할아버지는 조종사였어. 할아버지는 이렇게 말씀하셨지. '요한나, 비행기를 타고 날아가는 건 누구나 할 수 있단다. 하지만 착륙을 제대로 할 수 있는 사람은 드물지.' 난 어젯밤 꿈속에서 드디어 할아버지가 나한테 했던 말씀의 의미를 깨달았어. 꿈에서 깨어나기 바로 전에 난 제트기에서 내려서 나한테 이렇게 말했어. 요한나, 지금은 아무 데도 날아가지 말고, 우선 네가 저지른 일부터 잘 처리하자."

"요한나, 지금 네가 하는 말 아무도 못 알아들어."

톰이 이렇게 말하면서 마이크를 잡으려고 했다. 하지만 아멜리가 제지했다.

"요한나가 끝까지 말하게 놔둬!"

요한나가 계속 얘기했다.

"님들아, 내가 말하고 싶은 건, 단톡방에서 수다 떨면서 남을 헐뜯는 건 친구들끼리 절대 해서는 안 되는 쓰레기 같은 짓이라는 거야. 친구한테는 그러면 안 돼. 그리고 슈미트 쌤은 아주 쿨한 선생님이니까 난 확실히 말할 수 있어. 슈자안! 슈미트 쌤을 자르면 안 돼! 오케이? 내 말 들어줘서 고마워."

19

캠페인이 끝나기 무섭게 잘만 교장선생님이 9학년 a반에 나타나 주동자들을 혼쭐낼 거라고 모두들 예상했다. 하지만 9학년 a반 학생 중 누구도 슈미트 선생님이 오늘 학교에 출근할 거라고는 예상치 못했다. 그래서 슈미트 선생님이 교실에 나타나자, 반 아이들은 모두 자리에서 일어나 우레와 같은 박수를 쳤다.

"오, 슈미트 선생님!" 톰이 큰 소리로 말했다. "나오셨네요?"

슈미트 선생님이 박수를 그만 치라는 손짓을 했다.

모두들 제자리에 다시 앉았고 교실 전체가 조용해졌다.

"여러분에게 깊은 인상을 받았습니다." 선생님이 말했다.

"그렇게 돌려서 말씀하실 필요 없어요." 칼라가 말했다. "저희가 자랑스럽죠, 그렇죠?"

슈미트 선생님의 얼굴은 정말로 환하게 빛나고 있었다. 자신이 맡은 9학년 a반을 엄청나게 자랑스러워한다는 사실이 얼굴 표정에 그대로 드러났다.

"네, 솔직히 여러분한테 감동받았어요." 선생님이 말했다. "글쓰기 숙제 한 쪽을 채워 오는 것도 힘들어하는 여러분이 어떻게 800명의 학생들을 모아서 이렇게…"

"끝내주는 캠페인을 벌였냐고요?" 닐스가 말을 이었다.

"그래요." 선생님이 말했다. "정말 상당히 치밀하게 구성된 캠페인이었어요."

"이 최신 발명품 덕분이죠." 톰이 자기 핸드폰을 높이 들어 올리며 말했다.

"모두 요한나가 생각해낸 아이디어예요." 아멜리가 덧붙였다. "그럼 이제 선생님은 우리 학교에 계속 계실 수 있는 건가요?"

"아, 그건…" 선생님이 진지한 목소리로 이렇게 말하자 교실 전체가 다시 조용해졌다. "내가 학교에서 잘릴 거라는 말은 누구한테서 들은 거죠?"

"교장선생님이 쌤을 자르려고 한 거 아니에요?" 칼라가 물었다. "핸드폰 프로젝트 때문이죠?"

"음, 물론 교장선생님이 나한테 훈장을 수여하진 않으셨습니다. 하지만 엄밀히 말하자면 해고에 관한 언급은 한 번도 없었어요. 그건 뜬소문인 것 같습니다."

학생들은 어처구니없다는 얼굴로 서로를 쳐다봤다. 교실이 웅성거리기 시작했다. 누군가가 단톡방에서 슈미트 선생님이 해고당할 가능성을 내비쳤고, 그게 돌고 돌아 슈미트 선생님의 해고가 확정적인 것으로 전해진 것이다.

"저흰 쌤이 다시는 학교로 돌아오지 못할 거라고 생각했어요." 칼라가 말했다. "어젠 정말로 아프셨던 거예요?"

"내가 최근에 한밤중에 너무 오랫동안 교각에 앉아 있었던 것 같아요. 그때 저체온증이 왔나 본데, 심각한 건 아닙니다."

잠시 아무도 말이 없었다.

"그럼 프로젝트는 이제 끝나버린 건가요?" 이번에는 욜리네가 물었다.

"그렇다고 봐야죠."

"유감이에요." 아멜리가 말했다.

"저도 유감이에요." 요한나가 덧붙였다.

교실 뒷줄에서 몇몇 아이들이 요한나의 말을 듣고 익살맞게 웃음을 터트렸다.

"너희들, 까불지 마!" 요한나가 뒤쪽을 향해 소리쳤다. "난 그 프로젝트 덕분에 진짜진짜 중요한 걸 얻었단 말이야!"

"물론 프로젝트에 대한 평가는 우리가 같이 할 겁니다."

"저, 질문이 하나 있어요, 슈미트 선생님." 톰이 말했다.

"그 질문은 조금 있다가 받을게요, 톰."

슈미트 선생님이 이렇게 말하며 손목시계를 가리켰다.

"쉬는 시간 끝나고 계속 얘기합시다."

20

"슈미트 선생님, 대체 쇼핑백엔 뭐가 들어 있었어요?" 톰이 물었다. "선생님이 핸드폰을 사용하지 않게 된 이유 말이에요."

"그렇군요." 슈미트 선생님이 말했다. "끝으로 그 문제를 풀어야겠네요."

그러고는 수납장으로 가서 쇼핑백을 꺼내 내용물을 전부 교탁 위에 쏟았다.

"그게 뭐예요?" 칼라가 물었다.

"달력 종이들입니다."

슈미트 선생님이 작은 종이들을 한 움큼 들고는 손가락 사이로 종이들을 교탁 위에 흩뿌리며 말을 이었다.

"정확히 365장이죠."

그러고는 의자를 교실 한가운데로 옮겼다.

"님들아, 이제 진짜 멋진 얘기를 들을 차례야." 요한나가 말했다. "슈미트 선생님, 얼마 전에 저한테 해주신 것처럼 똑같이 엄청 쿨하게 얘기해주세요."

"노력해볼게요."

슈미트 선생님이 의자에 편히 앉았다.

"자, 이건 내가 잘 아는 지인에 관한 얘기예요. 이 사람을 그냥 케이라고 부릅시다. 케이의 연인은 외국으로 떠났어요. 프랑스로 1년 동안 유학을 갔어요. 사람들은 이를 장거리 연애라고 부르죠. 하지만 두 사람은 핸드폰 덕분에 매우 가까운 사이로 지냈습니다. 케이는 날마다 한 장씩 뜯어내는 달력을 사서는 마치 감옥에 갇힌 사람처럼 시간이 빨리 흘러가길 기다렸어요. 케이는 연인한테 SMS로 멋진 사랑의 메시지를 보냈고, SMS로 애절한 사랑이 담긴 메시지를 받았답니다. 두 사람은 핸드폰으로 둘만의 미래를 설계했어요. 자녀는 몇 명 둘까 등등 둘만의 미래를 꾸며갔죠. 둘은 날마다 천국과 같은 미래가 담긴 메시지를 주고받았어요. 365일째가 되던 날, 사랑하는 사람이 돌아오는 날에 맞춰 케이는 특별한 이벤트를 계획해뒀어요. 공항에서 그녀에게 프러포즈를 할 생각이었죠. 케이는 장미꽃 99송이를 사서 공항 게이트 앞에서 그녀에게 건네주려 했답니다."

"어쩐지 이 얘긴 해피엔딩이 아닐 것 같아요." 욜리네가 끼어들었다. "제 말이 맞죠?"

"그래요." 선생님이 말했다. "얘기의 결말은 핸드폰 화면 위의 알파벳 몇 개로 끝이 납니다. 케이는 공항에 도착하기 직전 그녀로부터 마지막 SMS를 받았어요."

"그 여자한테 다른 남자가 있었죠?"

"그래요, 욜리네. 정확히 맞혔어요. 케이는 그 순간 자기가 지난 1년간 디지털 감옥에 갇혀 있었고, 핸드폰 화면의 단어들과 현실을 혼동했다는 사실을 깨달았어요. 그걸 깨닫는 건 그에게 쉬운 일이 아니었죠."

"케이는 그런 끔찍한 상황을 어떻게 넘겼어요?" 칼라가 물었다.

"공항에서 집으로 돌아가다가 교각 위에서 자기 핸드폰을 장미꽃과 함께 던져버렸죠."

"케이는 죽을 때까지 다시는 핸드폰을 사용하지 않을 건가요?" 톰이 물었다.

"아, 그건… 케이의 새 약혼자가 자꾸만 케이한테 핸드폰을 선물해주겠다고 한답니다. 아마 케이는 그 핸드폰으로 가끔씩 약혼자한테 전화를 걸겠죠. 하지만 아주 중요한 용건이 있을 때에만 한해서요."

"그래도 해피엔딩이네요." 욜리네가 말했다.

욜리네 주위에 앉아 있던 친구들이 킥킥거리면서 웃었고, 욜리네는 영문을 모르겠다는 얼굴로 주위를 둘러봤다. 그러자 아론이 욜리네의 어깨를 가볍게 두드렸다. 케이가 누군지, 진짜로 모르겠냐는 표정으로.

"결혼식은 언제인가요?" 아멜리가 물었다.

"아, 벌써 다음 주 토요일로 다가왔네요." 선생님이 손목시계를 보며 대답했다.

"저희도 결혼식에 가도 되나요?" 요한나가 물었다.

"물론 와주면 좋죠. 원하는 사람들은 결혼식장에서 우리와 축배를 들 수도 있어요."

"그런데 플래시몹 말이에요, 슈미트 선생님." 톰이 말했다. "그거 정말 쿨하지 않았어요?"

"그래요, 톰." 선생님이 말했다. "사람들이 자신의 디지털 감옥에서 뛰쳐나와 좀 더 나은 세상을 만드는 데 디지털 기기들을 사용한다면, 그건 아주 쿨한 일이죠!"

아멜리 바로 옆에 앉아 있던 아론이 책상 아래로 아멜리의 손을 부드럽게 꼬옥 잡고 미소를 지었다.

아멜리의 다른 쪽 옆에 앉아 있던 요한나가 장난삼아 아멜리를 옆으로 툭 밀고 아멜리한테 고개를 끄덕이고는 미소를 지었다.

아멜리는 요한나를 향해 환히 웃는 톰의 모습을 흐뭇한 표정으로 지켜봤다.